AF143392

RUPTURE

© 2022 Julien Sabidussi
Édition : BoD – Books on Demand,
info@bod.fr
Impression : BoD – Books on Demand, In de
Tarpen 42, Norderstedt (Allemagne)
Impression à la demande
ISBN : 978-2-3224-3128-1
Dépôt légal : Septembre 2022

TABLE DES NOUVELLES

DANS UN AUTRE TEMPS

I

Voilà une nouvelle journée qui commence. Une journée favorable, semble-t-il, le temps est au beau fixe. J'avale mon café en scrollant l'actualité sur mon smartphone, passant d'une nouvelle désagréable à une autre sans éprouver la moindre émotion, captant temporairement mon attention tout au plus. Alain Duchesne réélu, c'était écrit d'avance, aucune surprise… La guerre en Ukraine, on se doute déjà où tout cela va nous mener, mais nous n'y pouvons rien, si ce n'est observer, attendre, puis subir. Je jette un œil furtif sur mes réseaux sociaux, jonglant entre le selfie d'une « amie » s'affichant au milieu d'un cadre de carte postale, tout sourire, jonchée de commentaires élogieux ; ou bien les héros 2.0 s'insurgeant, le temps d'un post ou d'un tweet, face aux violences qui sévissent dans le monde ; ou encore des gens se montrant à danser sur des musiques futiles, amusant pendant trente secondes leur public en constante demande de distraction, voulant tuer le vide par le vide, le néant par l'insipide ; puis finir par des vidéos de chatons: le grand classique, me direz-vous… Ne voyant pas le temps passer, je file me préparer, m'habiller, et cours pour attraper mon bus, afin de me rendre au travail. Une nouvelle journée comme toutes les autres, en somme. Je me trouve assis au milieu du bus, rangée de droite, côté fenêtre. Je rêvasse, les yeux dans le vide, traversant la Petite Ville pour en-suite rejoindre l'autoroute menant à la Grande Ville, métropole sujette de toutes les convoitises, une ville extrêmement dynamique, riche, où j'ai la chance de travailler. Enfin, la chance… Cela reste relatif. Très vite, mes rêveries se voient stoppées par des bruits désormais quotidiens, à savoir du rap à fort volume sur le téléphone d'un jeune homme en jogging basket, duvet voulant ressem-bler à une moustache sur un visage insignifiant, un regard vide, un sourire niais, une expression plate. Cela ne serait pas suffisamment pénible s'il n'y avait pas un enfant en bas-âge hurlant avec douleur, sans ne laisser aucun répit, ni à sa pauvre mère ten-tant désespérément de lui faire retrouver un sem-blant de silence, ni pour nous, pauvres voisins que nous sommes, pour qui même un trajet en bus ne peut résister à la tentation de nous importuner l'existence. Nous râlons intérieurement et haïssons presque tant jogging basket que bébé hurleur, mais nous abdiquons sans bataille, sans panache, parce que c'est ainsi, aujourd'hui. Il faut vivre avec son temps. La sortie de ce bus fait l'effet d'une profonde délivrance, je ravale ma haine et continue mon chemin, faisant mine de rien, me dirigeant vers mon lieu de travail : le fast food. Chaque fois que je passe devant et que je m'apprête à y entrer, je me demande où est passé le jeune homme que j'étais, autrefois, qui rêvait d'idéal, qui rêvait de servir à de grandes causes, à faire bouger les lignes et contribuer à un avenir meilleur… Chaque matin, désormais, je capitule. Je me range, je mets mon ego, mes rêves, mes ambitions au placard, je les enferme à quadruple tour, et deviens le petit employé, cet « équipier polyvalent », pour ne pas dire : ces petites mains interchangeables, jeunes, et « flexibles », que ces boites américaines aiment tant exploiter. Je capitule et sers la main du Diable, parce que c'est ça ou je crève. Tout simplement. Je traverse les couloirs, croise des collègues et commence alors la série des « salut, ça va ? », avant de me mettre en tenue, badger, et débuter ce que je dois à la société pour vivre dignement. Du moins, théoriquement. Courir partout, enchaîner les commandes, déambuler dans la salle, plateaux emplis de burgers dans les mains, et subir les regards tantôt empathiques, tantôt méprisants, appréciant la défaite qui se lit dans mes yeux, rassurant certains dans leurs propres échecs ; ou bien m'occuper des boissons, remplissant les gobelets à une vitesse robotique, les alignant par taille et par nature de soda, le tout sans réfléchir, surtout ne jamais réfléchir. Cela ferait perdre du temps, et ici, au fast-food, le temps est précieux. Le manager nous tourne toujours autour, nous dictant le rythme à suivre, nous autorisant à boire ne serait-ce qu'un verre d'eau s'il est de bonne humeur, et remontant légèrement les bretelles si la cadence n'est pas respectée ou que l'on a eu le malheur de réfléchir. Cette fois, il semble content de moi, j'ai bien travaillé, j'ai été un bon robot. J'ai le droit d'aller porter les poubelles et d'aller les balancer dans le grand container à l'extérieur, je suis heureux. En revenant, je me dépêche de remettre une table en ordre, la trouvant dans un état proche de l'Apocalypse, et face à mon regard quelque peu agacé, me voit avoir le plaisir d'entendre l'un des clients, vêtu d'un costume deux pièces lui donnant visiblement une importance que j'ignore encore, me lâcher, tout sourire, un « bah quoi ? T'es payé pour ça, non ? » avant de partir, me riant au nez, encouragé par son camarade lui tapant sur l'épaule. Lors de la pause, je suis au milieu d'une poignée de collègues dans une salle exiguë et minuscule, dévorant avec appétit le repas tout droit sorti des cuisines, auquel mes « points » me donnent droit. Aujourd'hui, j'ai donc un burger de mon choix, ce sera le Mc Chicken, accompagné d'une petite salade, histoire de dire que c'est bien healthy, avec un Mc Flury en dessert, un classique, une légende, une valeur sûre. Avec un Mc Flury, on ne peut qu'aller bien. Je pourrais même en faire une pub. Le Mc Flury, c'est la vie. Au milieu de la petite tablée carrée, coincé entre le micro-onde et un évier de kitchenette d'étudiant, j'écoute les conversations tournant autour du travail, des clients lourdingues, de la prime que l'on n'aura pas, ou alors, pour ceux voulant se changer les idées, parlant du match de championnat de foot de la veille, ou bien des derniers ragots circulant au sein de l'équipe. Je me vois, accoudé à mon coin de table, la tête dans ma main, les regarder, les observer, et me demander, en fin de compte, quel est le sens de tout cela ? Pourquoi suis-je ici, vivant sur cette Terre ?

Une fois mon dur labeur terminé – du moins pour ce service-, je regagne le vestiaire, vidé, dégouté, croisant mon reflet dans le miroir au-dessus du lavabo et remarque avec stupeur qu'il ne reste plus rien de ce pianiste passionné et prometteur que je fus, dans un autre temps, dans une autre vie… Je reprends alors le bus retour, traverse le sud-est de la Grande Ville, sous ces lumières artificielles, ces hauts bâtiments esthétiques et imposants, ces rues bondées et ces routes bouchées, avant de retrouver la Petite Ville, jonchant la zone commerciale au bord de grands axes routiers, puis s'approchant du centre où quelques boutiques et restaurants résistent encore à la concurrence déloyale, où plusieurs dizaines d'adolescents armés de leurs sacs à dos descendent des bus et colorent les ruelles, avant de finalement rejoindre mon appartement au quatrième étage de cet immeuble des Habitations Sociales, verrouillant la porte et m'enfermant dans ma bulle pour fuir ce monde au moins pour quelques heures. Je pose mon sac, ma veste, me mets enfin à l'aise. J'allume la télé, le Président Duchesne et ses sbires fêtent leur victoire, pendant que des antifas saccagent tout et se battent inlassablement contre les forces de l'ordre… C'est cool, on aura droit au même spectacle pendant encore cinq ans de plus. Je reçois à cet instant une notification venant de mon appli de rencontre. Je regarde. Un like m'est destiné, venant d'une certaine Magalie, jeune étudiante à la Grande Ville. Brune, un piercing dans le nez, des tatouages éparses, le regard éteint, la moue boudeuse, et des filtres voulant faussement apparaitre vintage… Eh bien, que cela me donne envie, dites donc ! Voyons la biographie, peut-être y deviendra-t-elle plus intéressante, ne jugeons pas trop vite. Veut trouver un mec avec qui boire un verre en terrasse et regarder des séries Netflix. Se dit être une connasse, chiante, râleuse, toujours en retard, et, après un petit pavé des plus misandres où elle semble régler ses comptes avec ses ex compagnons, la voilà nous faire ensuite une liste de courses, des plus précises, des plus arrêtées, décrivant son mec idéal. Je ne pensais pas devenir un produit de consommation, c'est maintenant chose faite. Me voilà ravi. Cette journée se termine donc comme hier et probablement comme demain. Avec la volonté de fermer les yeux et de tout oublier, d'oublier ce monde déliquescent courant à sa perte, et oublier le fait que je sois bien obligé de faire comme si tout cela me convenait et qu'un avenir s'y écrivait. Ce soir, je clos mes paupières en ayant le souhait le plus profond de me réveiller dans une autre réalité, dans un autre moi, dans une autre histoire. La mienne me devient bien trop lourde à porter, les forces m'échappent et s'évaporent dans la brume de mes pensées. Je lâche donc la corde et capitule. Pour de bon.

Le réveil sonne. Que dis-je, il fanfaronne ! Il me fait sursauter de mon lit, je ne le connaissais pas aussi vindicatif ! J'ouvre les yeux, l'incompréhension me guette. Je ne reconnais plus ma chambre. J'observe autour de moi, cette pièce renfermée, ces murs vêtus d'un papier peint à carreaux rouges sur un fond verdâtre, ce lustre archaïque me dévisageant de ses hauteurs au centre de la pièce… Mais où suis-je, nom d'un chien ?! Je me redresse, me tourne vers ma table de chevet, sursaute une seconde fois face à ce que je découvre. Mon smartphone a disparu ! Totalement volatilisé ! A la place se trouve un vieux réveil, couleur bois brun, fortement encombrant, et hurlant comme de plusieurs voix. Je me lève en quatrième vitesse, cherche dans chaque recoin de la pièce où peut bien se trouver ce fichu téléphone… Pas moyen de mettre la main dessus ! J'ouvre alors la porte de la chambre, marche énergiquement à travers l'entrée puis le salon. Je m'arrête net. Je ne reconnais plus chez moi. L'appartement est le même, aucun doute, mais tout est métamorphosé. Des murs, toujours en papier peint, d'où le gris et le marron ne semblent décider qui assombrit le plus la surface ; un vieux canapé en cuir, sur lequel se trouve deux coussins semblant avoir vécu un siècle, visiblement tricotés main. En

15

face se trouve une télévision de la profondeur d'une machine à laver, un petit écran ridicule placé au centre, jonché d'énormes boutons, et de petites plaques en bois, ouvertes chaleureusement sur chaque côté. Mais que s'est-il passé ? Est-ce une blague ? Une caméra cachée ? C'est encore tendance, les prank, sur YouTube ? Commençant à être pris d'inquiétude, je sors de chez moi, enfin, ce qui semble être chez moi, referme la porte brusquement et descends les escaliers en cavale, avant de rejoindre la rue. Comme une façon de me rassurer, que tout cela n'est qu'une mauvaise farce, une surprise dans le but de m'effrayer, mais que tout rentrera bientôt dans l'ordre… Je m'arrête alors d'un coup sec. Je n'en crois pas mes yeux. Je dois rêver, ce n'est pas possible autrement. Pitié, dites-moi que je rêve. Les petits commerces en bas de chez moi me sont méconnaissables. Un cordonnier en face, une boulangerie dans l'angle, une boutique de chapeaux à ma gauche… Les hommes sont vêtus d'un style ancien, portant tous un béret, des costumes aussi chics que rétro, l'un déambulant avec une baguette de pain à la main, un journal dans l'autre. Les femmes portent toutes des robes longues, ont des coiffures distinguées, des serre-tête, certaines se voient décorées de colliers de perles. À les observer, j'ai l'impression de m'être immergé au milieu d'un film avec Jean Gabin. Sans parvenir à y croire, j'avance, lentement, timidement, pris entre un subtile mélange d'angoisse et d'incrédulité enfantine. Je dois être en train de rêver. C'est indéniable. D'ailleurs, je devrais me pincer, ça me réveillerait certainement… Aïe ! Non, je suis toujours là. C'est que je dois rêver vraiment fort, alors. J'ai le sommeil épais. Tiens, un journal se trouve par terre, devant moi. Je ne pensais pas le dire un jour, mais je serais rassuré, là, de voir Alain Duchesne en faire la couverture. Pour une fois, ça apaiserait cette panique indescriptible qui m'habite à présent. Je saisis le journal, le retourne. Tout à coup, mon sang se glace. **27 avril 1958**. Je me tiens là, au milieu de la rue, les mains tremblantes, le souffle court, les yeux écarquillés, mes jambes figées, ne semblant plus pouvoir produire le moindre mouvement sous peine de m'écrouler lamentablement. Je ne comprends pas ce qu'il m'arrive, je dois être en train d'halluciner. Ce n'est pas possible. Que quelqu'un me réveille, et vite ! Je parviens finalement à reprendre ma respiration, et me mets à courir comme un dératé, essayant de trouver un repère, quelque chose qui me semble familier, un indice, une issue quelconque. Je franchis une autre rue, aperçois un bistrot visiblement animé, percevant des mouvements, des voix puissantes, et des rires décomplexés. J'ouvre brusquement la porte, le silence s'installe alors instantanément. Une vingtaine d'hommes s'y trouvent, se retournent, et me regardent sans broncher. Le vacarme se brise aussi soudainement que je franchis le pas. Leurs regards montrent, autant que le mien, une interrogation ardente, ce qui nous fait déjà au moins un point commun. Je cours vers le barman, qui me fixe d'un drôle d'air, comme si je venais d'une autre planète, lorsque je m'accole nerveusement au comptoir.

« Excusez-moi, monsieur, je… Je suis perdu ! Est-ce que vous pouvez me révéler quel jour sommes-nous, s'il vous plait ?? » à moitié essoufflé, appréhendant sa réponse. Le barman ne répond pas immédiatement, échange un regard amusé avec les hommes assiégés face à lui, les prenant à témoin. « On est vendredi, monsieur. » se contente-t-il de me répondre, essayant de masquer son sourire quelque peu moqueur. « D'accord, mais quelle est la date ?? Est-ce que vous pouvez me dire *la date*, s'il vous plait ?? » j'insiste, comme si ma vie en dépend.

« On est le 27. »

« 27 quoi ?! » je hurle, m'agrippant au comptoir, attirant encore davantage l'attention de tous les clients de ce bistrot, désormais plongé dans un silence de cathédrale.

« 27 avril. 58. » Le dernier nombre me fait l'effet d'un coup de matraque sur le crâne. Je suis littéralement sonné. Je me retourne, tente de marcher, mais sens que je vacille. Je me retiens sur une table, posée là, à ma droite. L'un des clients du comptoir me vient gentiment en aide. « Bah alors ? T'es pas dans ton assiette ? Qu'est-ce qui t'arrive?» me demande-t-il, d'une voix rauque, d'un geste à la fois amusé, et tout de même volontaire. Il porte une moustache blonde, un nez de boxeur au milieu du visage, et des yeux bleus couleur ciel, un regard franc, expressif, qui semble avoir déjà bien trop vécu pour l'âge qu'il porte.

« Je… Je ne sais pas ce qu'il m'arrive… C'est… C'est pas possible ! C'est pas possible ! » je bafouille, tentant de reprendre mes esprits, et mon équilibre.

« Celui-là, mon grand, il n'a pas bu que de l'eau !» ricane un autre, vouté, arborant un béret bleu marine, la cinquantaine bien tassée.

« Aller, viens. On va t'allonger. » me dit alors le premier à la moustache blonde. Il me prend avec lui, je me laisse guider, peinant à tenir sur mes jambes, tant le choc me submerge. Lui et le barman m'emmènent alors à l'arrière du bar, me font entrer dans une chambre de bonne, dont la décoration ressemble étrangement à cette chambre découverte en

me réveillant, ce qui accentue davantage le sentiment d'angoisse. Je m'allonge sur le lit qui m'est
proposé, on me donne un verre d'eau. Une femme
débarque, me regarde d'un air inquiet, et dit:

« qu'est-ce qu'il lui est arrivé, à cet homme-là ? »
sur un ton assuré, un phrasé chantant.

« Il a perdu la tête. » lui répond moustache blonde.
Voilà que la femme repart, puis revient deux minutes plus tard armée d'un gant de toilette baigné
dans l'eau froide, qu'elle me pose délicatement sur
le front. Je ne comprends plus rien. Je ne sais pas
où je suis, ce que je fais, qui je suis, qui sont ces
gens… Usé par toutes ces émotions, je finis par
m'endormir, dans l'idée de me réveiller de ce mauvais rêve, troublé et annihilé par l'inconnu qui se
dévoile, me laissant à espérer revenir dans cette vie
qui, bien que morose, déprimante, et spectrale,
avait au moins le mérite d'être la mienne.

J'ouvre un œil. La vision est confuse. J'entends
parler, autour de moi. J'entrouvre les paupières.
Moustache blonde me regarde, l'air tracassé, fronçant quelque peu les sourcils, à côté de la femme au
gant de toilette dont la curiosité à mon égard ressemble à un puit sans fond.

« Ça va, mon gars ? Tu reviens à nous ? » me lâche
brusquement l'homme, d'une voix qui me semble

étrangement familière. Je l'ai déjà entendue quelque part, j'en suis certain… J'observe autour de moi, rien n'a changé. Toujours la même décoration d'après-guerre. Pas laide, cependant. C'est un style. Mais je ne comprends toujours pas ce que je fais là. Les mots me manquent.

« On… On est toujours en 1958 ? » je demande, fébrilement, tremblant de désespoir, telle une tragédie grotesque. Moustache blonde regarde alors la femme, l'air de se faire du mouron, et me répond :

« Tu sais que la machine à remonter le temps n'existe pas ? »

Exténué par la peur et les larmes, je finis par me rendre. L'énergie me manque, j'accepte mon sort. Me voilà à table, dont la nappe colorée me rappelle bizarrement celle de ma grand-mère, dans mes bribes de souvenirs d'enfance. On me sert à manger. Moustache blonde est à côté de moi.

« Moi, c'est Pierre. Tout le monde ici m'appelle Pierrot. » me dit-il en me tendant la main, un sourire franc et amical aux lèvres.« Enchanté, Pierre. » je réponds, timidement, secoué par sa poigne virile.

« Moi, c'est Valentin. » j'ajoute, entre deux bouchées.

« Valentin ? C'est plutôt rare, par ici. » s'étonne-t-il. Très vite, la discussion prend vie. Cet homme, sous ses airs renfrognés, un peu « vieux de la vieille», est d'une ouverture et d'une sympathie sans égale. Il n'a pas un an de plus que moi, pourtant je sens chez lui des cicatrices encore vives. Je vois à ses gestes, à son énergie, sa vitalité débordante, à son caractère bien trempé, et à son regard, un tempérament volcanique qu'une vie de douleurs sourdes a probablement façonné. Lentement, mon angoisse d'alors diminue. Je recouvre peu à peu mes forces. Je contemple autour de moi… Ce n'est pas si mal, ici, finalement.

Le lendemain matin, rien ne change. Toujours le même papier peint carrelé, le même réveil féroce, et mon smartphone aux abonnés absents. Par réflexe, dans le doute, j'essaie de faire comme avant, tenter d'attraper mon bus et d'aller au fast-food, retourner à mon travail, revoir mes collègues, mon Mc Flury, dans l'idée de retrouvailles illusoires avec ce qui semble désormais représenter mon passé… Le bus parait avoir subi une transformation vintage des plus réussies ! Les sièges sont inconfortables, les gens se tiennent debout, maintenus à une barre métallique longeant la surface, laissant profiter à autrui les arômes de leurs aisselles matinales. Mais curieusement, aucun bruit nuisible ne vient stopper mes rêveries durant le trajet. Les hommes, costumés, portant des chapeaux, consultent silencieusement le journal. Les femmes, d'une élégance déconcertante, discutent ou se prennent à des absences furtives, les yeux rivés sur le paysage qu'offre ce voyage. Les gens savent se tenir, se respectent, et tout se déroule harmonieusement. Je reconnais mon arrêt, je sors du bus avec un sentiment étrange, inhabituel… Je n'ai plus rien à refouler. Cette sensation m'est parfaitement étrangère. Je continue de marcher, m'approchant de la zone où se trouve le fast-food et… Ce n'est pas possible… Il n'est plus là ! Il n'existe plus ! Mais que dois-je faire ? Où est-ce que je travaille ? Quelle est ma vie, désormais ? L'angoisse me reprend soudainement, je peine à respirer. Je cours dans un sens puis dans l'autre, essayant vainement de concevoir des réponses, de trouver un chemin me menant à bon port. Les gens me regardent tous, me dévisagent. Je regarde à nouveau face à moi, là où se trouvait, jadis, le restaurant, et voit s'illustrer à la place une épicerie, à la devanture quelque peu nostalgique, chargée de couleurs vives en fond, et arpenté de grandes lettres façon bande dessinée au premier plan. Une idée me vient alors à l'esprit. Elle me taraude, m'obnubile, me saisit douloureusement le ventre. Je me dis qu'après tout, ça ne coûte rien de demander, d'essayer. Au moins je serais fixé. Je marche alors d'un pas décidé vers la boutique, ouvre la porte, déclenchant une cloche annonçant ma présence. Une femme se tient à la caisse, arborant un large sourire. Elle m'observe tout du long. Comme si, dès mon entrée, quelque chose clochait, sonnait faux.

« Bon… Bonjour. » je commence, en hochant la tête pour la saluer. Elle me répond de même, conservant son sourire figé.

« Est-ce que… hum… Est-ce que par hasard… » je tente de formuler ma question que je sais d'avance parfaitement saugrenue, sous le regard intrigué de la femme.

« … Je travaillerais ici, habituellement ? » je finis par sortir, bêtement. Un silence s'installe. Les yeux de la femme en disent long, je me sens encore appartenir à une autre galaxie. Le malaise est palpable.

« C'est-à-dire ? » finit-elle par demander, perdue dans le vague de mon questionnement.

« Eh bien… Auparavant, je travaillais ici, à cette adresse… Je me demandais donc si… hum… De fait, à présent, je travaillais là ? » je tente d'expliquer, confus.

« Je ne saisis pas bien votre demande, monsieur… » avoue alors la femme, désemparée.

Je me tourne afin de repartir, rebrousser chemin et oublier cette honte au plus vite.

« Vous… Vous cherchez du travail ? » finit-elle par ajouter soudainement. Une lumière jaillit.

« Heu… Du coup, oui ! Je… Oui, je cherche du travail ! » je réponds, opportuniste.

« Vous êtes motivé ? » elle me demande, faisant réapparaitre son sourire.

« Heu… Oui, bien sûr ! Toujours ! » je dis avec conviction, tentant désormais de rattraper les débuts calamiteux de cette conversation.

« Vous avez déjà travaillé dans un commerce ? » continue-t-elle, soudainement intéressée.

« Commerce et restauration, et ce, depuis huit ans, chère madame ! » je réponds avec panache.

« Alors venez demain, à 8 heures tapantes. On arrangera tout ça. » dit la femme, d'un ton solennel. Je la regarde, peinant à y croire. Je viens de trouver du travail au bout de cinq minutes. Même en ayant l'air d'un martien ! Tous mes souvenirs de galères, de dizaines de cv envoyés dans le vent, d'appels téléphoniques décourageants, de stages et contrats précaires qui n'en finissaient jamais, de découverts bancaires me causant des cauchemars ; tout remonte soudainement à la gorge… Je regarde autour de moi. Inspire profondément. Ce n'est vraiment pas si mal, ici, finalement.

La semaine passe, et un drôle de sentiment m'enivre un peu plus chaque jour. Mon nouveau boulot à l'épicerie me plait, m'offre davantage de responsabilités, j'ai le temps de réaliser les tâches correctement ; les clients sont, pour la plupart, polis voir agréables, nous échangeons de la pluie et du beau temps et certains ont toujours le bon mot pour rire. Les journées sont longues, les méthodes sont rustres, et l'encaissement demande un travail en calcul mental et une mémorisation des codes à chaque instant, mais j'ai la sensation de respirer, de me sentir utile, de prendre enfin du sens au mot travail. Les produits sont de qualités, ici, on ne vend que du local. Les producteurs viennent directement fournir la marchandise, et ce que je vois parfois attise ma gourmandise et mon appétit vorace. J'en oublie même le Mc Flury, c'est dire ! Pierrot devient un ami, nous partageons beaucoup de choses, de points de vue. Il semble étrangement parfois en avance sur son temps. Derrière son costume d'ouvrier colérique demeure une âme sensible et éveillée qui me touche particulièrement. Chaque soir, après le travail, je le retrouve au bistrot, où nous refaisons le monde à notre façon, avec nos mots, nos sensibilités, nos vécus distincts, accompagnés de Thierry et Raymond, des copains à lui. Je retrouve ici une telle convivialité, un tel bonheur de vivre, d'être ensemble, de partager des choses simples, que je m'en vois de plus en plus… changé.

Plus sociable, plus ouvert sur autrui. Voir des «vrais gens » du quotidien m'apporte un certain baume au cœur que j'avais perdu depuis bien long-temps. Je me rends compte d'ailleurs que depuis plusieurs jours, je ne cherche plus mon smartphone. Je n'en ressens plus le besoin. Il est devenu un objet comme un autre. Je n'ai plus rien à fuir, désor-mais…

Lors de mon jour de repos, je décide de profiter un peu d'un de mes loisirs favoris, à savoir la lecture. Problème… Je n'ai plus aucun livre. Il doit bien y avoir une librairie quelque part, ici. Google ne me fournira pas la réponse, je devrai la trouver moi-même… Je regarde dans les rues, chaque com-merce, chaque vitrine. Je demande à des passants, l'un d'eux finit par me préciser le bon endroit. Je me tiens face à l'entrée de la librairie, souriant face à cette devanture une nouvelle fois «vintage ». J'entre, la cloche sonne de nouveau ma présence, fait quelques pas dans cette boutique d'un genre nouveau, du moins à mes yeux, puis reste scotché, vissé sur le sol, le souffle coupé. Le temps s'arrête. Mon champ de vision rétrécit, je suis littéralement happé. *La plus belle femme que je n'ai jamais vu.* Elle est là, à quelques mètres de moi, rangeant des livres, chantonnant un air jovial, avant de se tourner vers moi, le regard vif, et un sourire à fondre à-même le sol. Des cheveux châtains soyeux, mi-longs, légèrement ondulés sur les boucles, une coiffe souple, féminine. Des yeux d'un bleu limpide, d'un bleu céleste, un visage charismatique, le nez fin, la bouche généreuse, le sourire angélique et empli de caractère. Elle arbore à merveille une robe blanche fleurie, allongeant son corps svelte, élancé, et affirmant son élégance sans commune mesure. Je ne parviens plus à bouger, ni à empêcher ma bouche de s'ouvrir, et mes yeux de l'admirer sans retenue. Jamais je n'avais vu un tel charme, une telle beauté. Elle symbolise tout ce que la femme peut être de plus noble, de plus sensuel, tout en simplicité et en naturel. Je ne la connais que depuis trente secondes, mais déjà, j'en suis follement amoureux. C'est puéril, c'est stupide, mais qu'importe ! Je l'aime et je sais que je l'aimerai encore bien plus ensuite car c'est **elle**. J'en éprouve la certitude.

Elle est affirmée, exhale une joie de vivre dévorante, à la fois une personnalité que je ressens franche et combative, mêlée à une douceur sans égal. Elle continue de me fixer longuement. Nous nous regardons ainsi sans prononcer le moindre mot. Je sens mon pou s'accélérer aussitôt.

« Bonjour, je peux vous aider ? » finit-elle par demander, tout sourire, en s'approchant, les mains dans le dos.

« Bonjour, oui, je… Je voudrais trouver le livre qui explique comment une femme peut devenir aussi majestueuse que vous. Vous auriez cela, éventuellement ?» je lâche, feignant une assurance décomplexée, mimant une gestuelle à la James Dean. Elle rit, hilare, penchant la tête vers l'arrière. « C'est la première fois qu'on me la fait, celle-là ! Bien trouvé!» répond-t-elle, conservant son vaste sourire ravageur. Dans mon « ancien monde », au mieux, j'aurais pris un vent, au pire, j'aurais été dénoncé sur Twitter. Je commence de plus en plus à savourer ce voyage… « Non, plus sérieusement, je cherchais un livre sociétal, qui me permettrait de mieux comprendre notre époque. Est-ce que vous auriez cela ? » Elle maintient son sourire, et m'indique volontiers vers les livres qui pourraient m'intéresser. Je ne peux m'empêcher de la regarder marcher, tout en finesse, tout en élégance, tout en raffinement. « Voilà, j'espère que vous accèderez à votre bonheur, monsieur!» conclut-elle ensuite, se tenant très proche de moi, me laissant profiter de son doux parfum rosé absolument exquis. Je la remercie et la regarde repartir derrière moi. Je vais revenir le plus souvent possible dans cette librairie.

Cette jeune femme est mon graal, mon utopie. Je veux qu'elle soit mienne. Je le veux terriblement.

Rentrant chez moi, montant les escaliers, je croise une voisine, déballant les marches dans le sens inverse, le visage tuméfié, tentant de refouler ses larmes. Je l'arrête, lui tenant le bras, la regarde plus longuement, observant un œil au beurre noir profondément marqué. Elle pleure en silence, tente de s'arracher à mon emprise, mais j'insiste légèrement. « Qu'est-ce qu'il s'est passé ? Dites-moi, n'ayez pas peur ! » je lui demande, concerné.

« C'est rien ! Je suis tombée... » me dit-elle, sans y croire. Je comprends très vite qu'il y a anguille sous roche. Je continue.

«C'est votre mari ? C'est lui qui vous a fait cela ? » Elle me regarde en panique.

« Ne dites rien ! C'est pas grave ! Je... Ne dites rien, s'il vous plait ! » rétorque-t-elle, tentant de sécher ses larmes, insistant pour que je lui lâche le bras. Je m'exécute. Elle descend les escaliers dans la seconde, sans même me regarder.

« C'est grave, ça, madame ! Il ne faut pas laisser faire ! » je lance à haute voix à travers les étages, sans parvenir à attirer son attention. Je me demande quel doit-être le numéro dédié à ces problèmes. C'est dans ce genre de moments que le smartphone serait bien utile…L'annuaire a peut-être la réponse? Je fonce monter chez moi, et cherche un numéro, une association, quelque chose qui permettrait de traiter ce fait inacceptable qui vient de m'être délivré. Dans mon « ancien monde », ce n'était pas ce qu'il manquait, on ne laissait pas passer ce genre de choses. Je tourne les pages, encore et encore. Rien. Dois-je appeler la police ? Encore une fois, ça ne coûte rien d'essayer. Mieux vaut être fixé. J'appelle, je tombe sur un agent, lui explique la situation.

« D'accord, très bien, monsieur. Nous ferons le nécessaire. Au revoir. » Rien de plus. Il va me falloir attendre. J'ai tout de même la sensation que ce genre de méfaits ne préoccupe pas particulièrement les autorités… Etonnant.

Le soir, je rejoins Pierrot, mais pas au bistrot, cette fois. Chez lui. Je suis reçu par sa femme, très accueillante et cuisinant à merveille. Durant le repas, je raconte ce qui m'était arrivé plus tôt, ce à quoi Pierrot me répond : « Tu veux qu'on aille lui péter la gueule, à son mari ? » avec sa gouaille et sa franchise qui le caractérisent. Je ris, par surprise. Il est aussitôt repris par sa femme.

« J'ai déjà appelé la police. Mais je ne sais pas si ils vont traiter cette affaire. Je ne les ai pas senti particulièrement concernés… »

« Ça ne m'étonne pas. » me répond-t-il aussitôt, le visage fermé. Il attend alors que sa femme retourne dans la cuisine, surveille qu'elle se soit bien éloignée de la pièce, et me dit en chuchotant :

« Si tu veux qu'on lui pète la tronche, tu m'appelles, d'accord ? » Je souris de nouveau, acquiesce, et continue de le regarder, impressionné par ce personnage que je découvre un peu plus chaque jour. Dans mon « ancien monde », je n'en avais pas rencontré communément, des comme lui… C'est que ça fait du bien, un peu de fraîcheur!

Le weekend, j'aime prendre du temps pour moi, me ressourcer, couper avec la routine et le quotidien. Je me retrouve donc à marcher en forêt, désormais vêtu comme les « locaux », pantalon de costume, chemise, bretelles, et le chapeau, bien sûr. C'est que l'on s'habitue à tout, en réalité… J'admire le paysage, ressens ce vent doux effleurer mon visage, le bruit des feuilles mortes sous mes pas, l'odeur de l'herbe, l'iode vivifiant… La forêt est mon troisième poumon. Ici, le temps n'a plus d'importance. Que l'on soit en 2022 ou en 1958, il n'y a aucune différence. C'est la nature qui aura le dernier mot, de toute façon. Quoique nous fassions. J'aime vagabonder dans le silence et la paix que propose cette forêt, afin de faire le vide, et revisionner, dans ma mémoire, toute cette dinguerie que j'expérimente depuis maintenant deux semaines.

Je ne sais pas si je vais rester bloqué là, ou si tôt ou tard, je vais revenir dans mon monde, dans l'époque qui m'aura réellement vu grandir. J'ai l'impression d'évoluer dans un rêve qui n'en finit pas. Tout cela ne peut être vrai. Ce n'est pas rationnel. Comment pourrais-je raconter cela ? On me prendrait pour un fou… Je me sens, en plus, particulièrement démuni, moi qui me suis habitué à vivre avec la technologie et le numérique. Me voilà perdu, sans solutions, parfois, face à des problèmes ou des questionnements pourtant pas si compliqués. Je me rends compte que je n'ai pas le sens de l'orientation, je ne sais pas me servir d'une boussole, et la carte représente une assurance de me paumer royalement, de façon systématique. Au travail, mes nouvelles collègues me regardent parfois avec inquiétude et questionnements, lorsque je découvre les méthodes pour le moins ancestrales qu'elles sont habituées à utiliser depuis toujours. Elles sont beaucoup plus à l'aise avec les chiffres, d'ailleurs. Leur éloquence me surprend, également. Moi qui, dans mon « ancien monde » rentrais dans la norme et me voyais relativement cultivé, curieux et ayant des qualités non négligeables, je me vois ici être à la ramasse, être en retard… Surprenant, lorsque l'on vient du progrès. La camaraderie du bistrot me plait, mais je me sens obligé d'en sortir régulièrement, suffoquant presque face aux nuages de fumée de tabac qui circulent librement dans les lieux. J'ai également le sentiment que les non-dits, les tabous font rage, ici. Beaucoup de secrets, de méfaits restent sous le tapis. Il n'est pas de bon ton d'exprimer ses sentiments, ses souffrances… Mieux vaut enfiler un masque et ne pas déranger la bonne tenue de la communauté. Pourtant, la vie est rude, ici. On travaille beaucoup, vraiment beaucoup. La quantité modeste d'informations disponibles encourage les gens à rester dans une sorte de bulle, et dans des croyances limitantes. Lorsque je parle avec passion au bistrot, on me regarde comme si je venais d'un autre système solaire. La plupart ne savent même pas de quoi je traite, en réalité… Ils ne sont pas sots, loin de là. Juste mal informés, et fortement conditionnés. Comme dans « mon monde », en somme… Seule la forme change. Cependant, quel plaisir est le fait de pouvoir se promener en ville, tard le soir, et ne voir que des travailleurs en costume. D'utiliser les transports, et de n'être quasiment jamais dérangé. De voir les hommes et les femmes s'aimer, de voir des jeunes couples fusionnels s'enlacer, de remarquer des jeunes garçons faire la cour à des filles candides qui semblent apprécier le jeu.

Observer les travailleurs prolétaires, les ouvriers, les gens du bâtiment, se retrouver le soir, après le travail, pour boire un coup et parler de politique, de la vie, des rêves, des gens, rire, se chamailler, se bagarrer parfois, et puis s'aimer. La vie. La vraie. Les enfants jouent dehors, ensemble. Les femmes sont ravissantes sans chercher à se montrer, ont de la poigne sans chercher à s'imposer, et possèdent un courage monstre tout en féminité. Le quotidien n'est pas simple pour elles, mais elles vivent avec dignité, et gardent à notre égard des yeux pétillants, une douceur de vivre absolument irrésistible. J'aime converser avec les femmes, les écouter me raconter leur histoire, leurs espoirs, leurs désillusions, leurs doutes, les difficultés qu'elles peuvent éprouver et savoir comment elles y font face. J'aime les entendre rire, les entendre parler avec panache, avec une intonation si mélodique, et les entendre maitriser le verbe de façon remarquable. Les hommes « de ce monde » ne se rendent probablement pas compte de la chance qu'ils ont…

En rentrant du travail, un soir, alors que je me fais à manger (sur des plaques de cuisson à gaz, à allumer avec un chalumet ! Décidemment, je dois tout réapprendre…), je perçois soudainement des cris, au-dessus de chez moi. Je m'éloigne de la cuisson, tends l'oreille, et entends des bruits, des cognements puissants, une voix de femme hurler de peur ou de douleur, ou peut-être les deux, puis un homme hurlant encore davantage, d'une voix assassine. J'entends des pleurs déchirants, la porte qui claque violemment. Dans mon esprit, ça fait tilt: c'est la femme de l'autre fois. Je décide alors de couper la cuisson, et de monter en furie à l'étage du dessus pour voir ce qu'il se passe et essayer d'intervenir. Je me trouve devant la porte, j'entends encore les pleurs d'une femme, l'homme lui brailler dessus, l'insulter férocement, avec haine et désinvolture. Je frappe à la porte brusquement.

« Monsieur ! Ça suffit ! Arrêtez, maintenant ! » je clame derrière le bois. Silence. La porte s'ouvre.

« Qu'est-ce tu veux, toi ?! » me dit agressivement un gros balourd mal rasé, vêtu d'un maillot fastueux et froissé, d'un regard visiblement terni par l'alcool.

« Je veux que vous arrêtiez de brutaliser votre femme ou j'appelle la police ! » je réponds avec autorité, lui faisant face. Il s'approche. Je sers les poings.

« Dégage de là, connard ! Ça te regarde pas, d'accord ?! » me crache-t-il au visage, en me désignant les escaliers du doigt. « Je ne vous permet pas de me parler comme ça ! » je rétorque, haussant encore le ton, à quelques centimètres de lui, confirmant au passage la thèse de l'alcool… Nos voix résonnent dans le couloir. « Je te parle comme je veux ! Tire-toi de chez moi ou j't'en colle une ! OK ?! » me gueule-t-il en me postillonnant dessus, pendant que sa femme, en pleure, se prenant le visage visiblement ensanglanté, lui implore d'arrêter et de rentrer. Je perçois une autre porte s'ouvrir discrètement dans l'étage. Des curieux, sûrement. En cet instant, mon sang ne fait qu'un tour, je vois rouge, perds totalement le contrôle, je le regarde sans répondre, et lui flanque un immense coup de tête dans le nez, le faisant basculer violemment en arrière, percutant le mur derrière lui de plein fouet. La femme crie encore davantage, l'homme tente de se relever, visiblement décidé à en découdre. Je lui décoche un crochet du gauche dans le foie, histoire de le coucher définitivement, sous les yeux ébahis des quelques voisins profitant du spectacle affligeant que nous leur proposons. Je remarque la femme éclater en sanglot, le nez en sang, enlacer son mari accroupi par terre, dos au mur, mugissant de douleur. Elle l'enroule dans ses bras, tente de le protéger. Ahuris, je la regarde et sors alors de mes gonds, pris par une forte adrénaline et la rage au cœur.

« Pourquoi tu le défends ?! Il te cogne dessus, bordel ! » je clame à pleins poumons. Elle lève alors les yeux, les larmes coulant à flot, et m'ordonne de partir sur le champ. En colère, déçu, je redescends les escaliers avec rythme et retourne chez moi, essayer de me calmer, de retrouver mes esprits, et de me faire un peu plus discret…

« Mais pourquoi tu ne m'as pas appelé ?! » C'est la première chose que me dit Pierrot, sitôt l'évènement raconté. « Je n'en ai pas eu besoin. Ça s'est passé très vite, et… Voilà. » je lui réponds, tournant ma cuillère dans le café.

« Ces mecs-là, faut les briser en deux ! J'espère que tu l'as bien amoché ! » s'emporte-t-il.

« Il a eu sa leçon, en effet. » je lui réponds, modestement.

« Bah tant mieux ! » conclut-il en levant son verre avec énergie, gigotant sur sa chaise. Je sens chez lui un aspect écorché-vif qui m'interroge…

« Ça t'ai déjà arrivé ? » je lui demande, presque gêné. Il me regarde de ses grands yeux bleus.

« Quoi donc ? »

« De te faire cogner. » J'appréhende sa réponse. Il hausse les épaules, et dit :

«Ca nous arrive tous à un moment ou à un autre ! » comme par protection.

« Ton père te frappait ? »

« Qu'est-ce que ça peut te foutre ?! » me lâche-t-il spontanément, fronçant les sourcils, faisant montre d'une profonde nervosité soudaine. Pas besoin d'insister, j'ai ma réponse…

Après plusieurs passages à la fameuse librairie, et ayant peaufiné mes manières imitant les grandes figures du cinéma de cette époque, me voilà enfin prêt pour mon rancard avec la charmante, que dis-je ! la sublime vendeuse, qui répond du nom de Paulette. Eh oui, avant d'être des mamies, les Paulette aussi ont été de jeunes femmes en pleine force de l'âge… J'ajuste mon nœud papillon, et m'admire une dernière fois devant le miroir, vêtu d'un costume noir digne d'un James Bond avec Sean Connery. Cette comparaison équivoque me fait sourire. Je ne m'étais jamais vu ainsi, auparavant…

« Eh bien ! Vous êtes tout en beauté, ce soir, mon bien aimé ! » commence Paulette, me contemplant de la tête aux pieds, m'affichant de nouveau son sourire qui ferait chavirer un navire tout entier.

« Parce que je vous attendais. » je lui réponds, levant légèrement les sourcils, large sourire assuré, jouant les grands séducteurs avec une joie non dissimulée. Mes yeux ne peuvent changer de direction, je suis abasourdie par son charme que les mots ne peuvent décrire. Elle se trouve vêtue d'une robe rouge en tailleur, d'une élégance plus que remarquable, sac à main assorti, talons rouges également, les cheveux impeccablement peignés, vêtus d'un long chapeau de la même couleur, laissant apparaitre un léger voile en tissu rouge sublimant ses yeux aussi profonds que l'océan, le sourire écarlate ne pouvant pousser qu'à la tentation, sans parler de ses courbes gracieuses, presque affolantes, semblant être sculptées de la main divine elle-même. Lorsqu'elle pose son regard tendre et terriblement vivant sur moi, ce regard qui fête la vie, ces yeux qui sont faits pour aimer… Mon cœur s'emballe, je perds mes moyens, plus rien d'autre ne compte. Je pourrais passer des heures à la contempler, à la déguster. Le monde me parait porter des couleurs d'une poésie à fleur de peau, lorsqu'elle apparait enfin devant moi.

« Où m'emmenez-vous dîner ? » me demande-t-elle, enthousiaste.

« Dans ce restaurant, juste là. Je n'en ai entendu que des merveilles ! » je lui dis, m'imprégnant des codes de langages « locaux » de plus en plus aisément. Elle se colle à moi, je lui tiens le bras, et marchons ensemble dans cette rue passante, au centre de la Petite Ville, où je ressens l'envie quelque peu enfantine que tout le monde m'aperçoive aux bras de ce diamant. C'est mon petit caprice. Un délicieux caprice, en vérité. Nous arrivons au restaurant. Le serveur nous installe à la meilleure table, commandée pour l'occasion, se trouvant à côté de la vitre offrant une vue imparable sur le fleuve, de l'autre côté de la rue, illuminé d'un soleil couchant de toute beauté.

« C'est très joli, j'aime beaucoup ! » s'exclame-t-elle, visiblement en joie.

« Ravi que cela vous plaise ! Vous semblez tout en gaieté, ce soir ! Votre journée a été si agréable ? » je lui demande, tentant maintenant de mimer Alain Delon.

« Non, c'est… » commence-t-elle en se caressant les cheveux, de sa douceur exquise.

« Je suis juste heureuse de vous revoir. » répond-t-elle timidement, visiblement gênée.

« C'est un honneur ! Je vais tâcher d'être à la hauteur de vos espérances, ma chère Paulette. » je lui réponds de toute mon assurance (mon entrainement devant le miroir semble porter ses fruits…).

« Oh ne vous donnez pas tant de mal ! Soyez vous-même, et ce sera très bien comme cela ! » rétorque-t-elle avec son sourire à faire fondre le plus solide des rocs.

« C'est vrai, les hommes aiment jouer aux grands héros, grands sauveurs érigés devant nous, petits être fragiles et innocents ! » commence-t-elle, jouant d'une gestuelle burlesque.

« Et nous couvrir de beaux discours, de belles promesses… Savez-vous ce que j'attends d'un homme?» me demande-t-elle alors. Je hoche la tête sur la négative, attendant sa réponse avec impatience.

« Qu'il soit lui-même. Qu'il se montre avec ses petits défauts, ses petites faiblesses, ses maladresses, ses imperfections, sans chercher à m'impressionner. Je veux juste un homme authentique, qui sache m'aimer pour de vrai, et m'aider à gravir les montagnes que la vie dépose en nos humbles chemins, avec la profonde certitude que je pourrais m'appuyer sur cet homme lorsque je faiblirai, et que nous la grimperons ensemble, cette montagne, malgré les tempêtes. Ne faisant qu'un avec l'espoir que l'amour, le véritable amour, créer en nos âmes en quête d'évasion et d'illusions juvéniles. Oui, voilà ce que je veux.» conclut-elle avec ferveur, pendant que le serveur nous apporte l'apéritif. Je la regarde alors sans répondre, me sentant mis à nu face à elle, impressionné par une telle verve.

« Je suis le plus gauche, le plus imparfait des hommes que vous rencontrerez », je commence alors, attirant son attention.

« Mais si il y a bien deux choses dont je suis absolument certain… C'est que, d'une, vous me plaisez. Vous me plaisez *vraiment* ; Et de deux, que rien ne me rendrait plus heureux que de grimper la montagne avec vous.» Un silence s'installe alors entre nous, nos regards voulant continuer cette conversation sous un autre langage.

Le repas terminé, nous continuons cette agréable soirée marchant sur le quai, le long du fleuve, bras dessus bras dessous, à échanger à cœur ouvert, à rire à gorges déployées, découvrant d'ailleurs chez elle un rire éclatant, des plus chantants, singulier, et particulièrement contagieux.

« Qu'est-ce qui vous a transmis le virus des livres ? » je lui demande, pendant qu'un canard se balade au bord du fleuve à notre gauche.

« Ahah ! Le virus ! C'est une façon très originale, et plutôt juste, de le dire ! » réagit-elle d'abord.

« J'y suis bercée depuis toute petite. Presque toujours, à vrai-dire. Ma mère m'avait appris à lire très tôt parce qu'elle voulait m'offrir cette chance inouïe de pouvoir comprendre le monde, m'évader, m'élever au-delà de ma condition, et de trouver un excellent refuge lorsque le monde réel devient trop… Sinistre. » répond-t-elle, baissant légèrement son sourire.

« Et… Est-ce que cela a fonctionné ? » dis-je ensuite, intrigué.

« Les livres m'ont sauvé. » lâche-t-elle après quelques secondes de silence, tout en contemplant le canard semblant donner des indications de la plus haute importance à son camarade, se rejoignant l'un et l'autre.

Un silence se pose. Je meurs d'envie d'en savoir plus, mais je crains que ma curiosité finisse par sembler maladroite ou déplacée. Comme pour anticiper une question à laquelle elle ne souhaite pas répondre, elle change aussitôt la conversation, se tournant vers moi avec luminosité.

« Alors comme ça, vous jouez du piano ? » finit-elle par m'interroger.

« Oui, je… J'en joue depuis l'enfance. »

« Oh je serais ravi de vous écouter ! »

« Non, c'est… Ce n'est pas grand-chose, je vous assure. »

« Mas si, voyons ! Ne voulez-vous pas me jouer un morceau, quelque part ? J'aimerais tellement !» J'aperçois là, dans mon esprit malicieux, une opportunité intéressante…

« Eh bien… hum… J'ai un piano chez moi, et… Si vous… Enfin, c'est comme vous voulez, hein… » je balbutie timidement, tête baissée, feignant la gêne.

« Qu'attendez-vous pour m'y emmener ? » me coupe-t-elle alors, toujours débordante de vie et de passion. Me voilà à lui jouer une de mes lointaines compositions, du temps où la musique était ma vie toute entière, avant que la vie elle-même finisse par me rattraper inexorablement. Je m'applique, reste concentré au maximum, fais attention à chaque placement de mes doigts, chaque note jouée, puis me relâche de plus en plus, commençant à me prendre au fil de la mélodie, des émotions qui en découlent. Je me sens peu à peu partir, laisser place à un autre moi, qui s'exprime en couleur, dont le récit raconte un voyage qui ne se vit qu'une fois. Après plusieurs minutes naviguant entre hautes intensités et calmes apaisants, dévoilant des joyaux enfouis et des énergies vibrantes, je termine ce morceau, revient progressivement à la vie réelle, et me tourne vers Paulette, dont les yeux bleus écarquillés et embués semblent glacés.

« Qu'y a-t-il ? Cela ne vous plait pas ? » je lui demande, inquiet.

« Si, si ! Au contraire ! » dit-elle, visiblement touchée, la voix tremblante.

« C'est vous qui avez écrit cela ?? » demande-t-elle alors, subjuguée.

« Eh bien… Oui. Ce n'est pas grand-chose, encore une fois, mais… »

« Pas grand-chose ? Vous rigolez ? » me coupe-t-elle de nouveau, spontanément.

« Je savais que j'avais devant moi un homme charmant, mais je ne pensais pas avoir affaire à un artiste ! » s'emporte-t-elle alors. J'ai du mal à y croire. Je voudrais encore me pincer. Ou peut-être pas, finalement… « Comment un tel talent peut-il perdre son temps dans une épicerie ? » me balance-t-elle tout à coup, tapant droit dans le mille.

« Eh bien… Le talent ne suffit pas toujours, voyez-vous ? Le frigo ne se remplie pas tout seul… Et pour tout vous avouer, l'épicerie est ce que j'ai connu de mieux, jusqu'à présent. » je lui réponds, les yeux baissés, tombant le sourire, fermant le piano. Elle me fixe alors comme pour apercevoir ce qu'il se cache dans mon âme tourmentée.

« Que vous-est-t-il arrivé ? » demande-t-elle avec compassion, s'approchant, me regardant dans le blanc des yeux. « Un manque de croyance, probablement. » je réponds brièvement, montrant vouloir changer de sujet. Elle s'assoit alors sur le tabouret, à quelques centimètres de moi, continue de me dévisager de ses yeux d'or, et pose délicatement sa main sur ma joue.

« Moi, je crois en vous. » dit-elle sobrement, tout en sincérité, s'approchant encore davantage. Je l'embrasse avec passion, oubliant tout, tout ce qu'il peut bien advenir, toutes les peines qui attendent de se montrer et de terrasser une fois encore mon âme blessée, ne pensant plus qu'à nous désormais, à notre amour qui prend fougueusement vie en cet instant. Mon esprit flotte au-dessus du ciel, traversant les nuages, n'ayant plus peur de rien, éloignant le brouillard installé en moi depuis bien trop longtemps. Oui, à cet instant je vis. Là, maintenant, je suis moi, Valentin, à ma place, partageant ce délicieux baiser avec la plus belle femme du monde. Mon esprit vole en des contrées inexplorées…

« Alors, avec la libraire ? » me demande Pierrot, sourire narquois, me tapotant le coude. Je souris sans répondre. « Aller, ne fais pas ton timide ! Ça ne marchera pas avec moi, je te préviens ! »

« Eh bien… C'était une très bonne soirée. » je lui réponds pudiquement, affichant un large sourire qui en dit long. « Ah, c'est une bonne nouvelle, ça! Tiens Gérard ! » s'exclame-t-il au tenancier du bistrot, « Sers-lui un coup, c'est moi qui offre ! » lâche-t-il généreusement, satisfait et enjoué.

« Ca marche, mon Pierrot ! » répond le tenancier. Je souris encore davantage, amusé par la situation. « Je suis vraiment content pour toi, mon pote ! » ajoute-t-il, me prenant l'épaule avec l'énergie et la force que je lui connais. « Et c'est pour quand le mariage ? » s'amuse maintenant Raymond, à ma droite. Je ricane puis m'arrête, stoïque. C'est vrai, cela... Vais-je rester ici, avec elle ? Où est ce que tout s'arrêtera du jour au lendemain ? Comme si toute cette histoire n'avait jamais existée. Je contemple mon verre, songeur... « Laisse-le profiter, va ! Il aura largement le temps de penser à ça plus tard ! » répond Pierrot à ma place, juste avant de boire une gorgée. « Bon, aller, ce n'est pas tout, mais le devoir m'appelle ! » dit-il en se levant de son siège et dressant son verre bruyamment, glissant deux billets au comptoir.

«A demain, les mecs ! » finit-il, sous nos salutations, pendant que je l'observe quitter le bistrot, remettant son béret gris clair vissé sur son large crâne blond, ralliant ensuite la rue, marchant droit comme un I, le sourire fier. « Ah ce Pierrot... C'est un sacré bonhomme ! » me dit Raymond, entre deux gorgées. « Ca, c'est vrai ! Y'en a pas deux comme lui!» rétorque un petit vieux, derrière.

« C'est effectivement l'impression que j'ai... » j'ajoute, souriant.

« Moi, Pierrot, ça fait des années que je le connais!» enchaine Raymond,

« J'ai toujours pu compter sur lui ! Toujours ! Quand t'es dans la merde, que tout le monde te tourne le dos, lui, c'est le seul qui te tend la main et t'aide à te relever ! » enchaine-t-il, d'un ton passionné, les yeux légèrement humides. « Dis-toi que t'as de la chance d'être son ami ! Des comme lui, on n'en trouve plus beaucoup, d'nos jours ! » termine-t-il, l'émotion vive.

« Ca, c'est vrai ! » réagit de nouveau le petit vieux, roulant ses « r », façon Edith Piaf.

« Allez, à Pierrot ! » lâche Thierry, de l'autre bout du comptoir, levant son verre avec halte.

« **A Pierrot** ! » répondons-nous tous à l'unisson, le ton vif, brandissant les nôtres. Je comprends en cet instant ce que signifie véritablement l'amitié…

Sur le chemin du retour, voulant rentrer chez moi, je me décide soudainement à changer de chemin et passer devant chez Pierrot, par pure curiosité. Ce personnage m'intrigue particulièrement… Encore davantage depuis que les copains du bistrot aient dit, quelques minutes avant que je parte, qu'ils pensaient, au départ, que j'étais « un frère à lui », ou un « gars de la famille », dû à certaines ressemblances physiques indéniables. De plus en plus de détails me troublent. Des questions m'envahissent profondément. Qui est-il, au fond ? Pourquoi ai-je cette étrange intuition de l'avoir déjà croisé ? Déjà entendu ? J'arrive donc devant son immeuble. J'examine les plaques affichant les noms des résidents.

Pierre, Pierre, Pierre… Je cherche, encore, mais je ne trouve pas de… Ah, voilà ! Pierre Froust. Attends… Quoi ?! C'est une blague? La vue de son nom de famille me fait l'effet d'une bombe. Je ne parviens pas à y croire. Ce n'est pas possible. Je vis décidemment dans un rêve éveillé, je ne vois pas d'autres explications. Pierre Froust était le nom de mon grand-père décédé lorsque je n'avais que 5 ans, dont tout le monde m'avait vanté les mérites, et dont la mort épouvantable avait causé un séisme familial, notamment auprès de mon frère, 15 ans à l'époque, qui l'avait beaucoup mieux connu que moi, pour qui il demeurait un héros, un modèle ; et pour ma mère, que j'entendais pleurer tous les matins dans la salle de bain. Mon cœur palpite, ma respiration raccourcie, ma tension grimpe. Je peine à tenir sur mes jambes. Je ne comprends pas ce que je vis. Pourquoi m'arrive-t-il tout cela ? Quel en est le sens ? Quelle leçon dois-je en tirer ? Vais-je finir par me réveiller ? Le sol semble tanguer sous mes pieds, et alors que je me retrouve dans un élan de panique soudaine, je cours frénétiquement jusqu'à chez moi, pris d'un trop plein d'émotions que je parviens péniblement à maitriser. J'escalade les marches en vitesse, rentre, et ferme à clé juste derrière moi. Je me colle dos à la porte, essoufflé et en sueur. Je pose ma main sur mon visage, et éclate d'un profond sanglot, glissant lentement le long de la porte pour finalement m'assoir à même le sol. Je suis démuni. Seul face à cette énigme que m'impose chaque jour, je ne sais vers qui me tourner afin de trouver de l'aide, que l'on me sorte de cette folie. Je pense à appeler ma mère, mais, me souviens tout à coup qu'elle n'est pas encore née… Ce qui, dans la foulée, me provoque une angoisse saisissante. Je déambule dans l'appartement comme un fou qui ne sait plus qui il est, où il se trouve, ce qu'il fait ici. Est-ce que j'existe ? Mille et une questions s'emparent de mon esprit. Pris entre la peur et la colère, la frustration de ne rien savoir, rien comprendre, je tombe de tout mon poids sur les genoux et hurle à m'en détruire les cordes vocales, hurle de toutes mes entrailles. Je m'écroule ensuite sur le carrelage, pleure toutes les larmes de mon corps, jusqu'à m'en vider l'âme. La seule chose que je souhaite, en cet instant, est que toute cette mascarade cesse…

Je veux retrouver ma vie, mon monde, je veux que les choses suivent leur cours, et ne plus me poser de questions. Ah, j'oublie Paulette… Elle surgit alors dans mon esprit, je l'imagine être face à moi, me regarder de toute son humanité, me tendre délicatement la main, et m'effleurer tendrement le crâne. Je l'entends me dire d'une voix suave et sereine que je ne dois pas m'inquiéter, que tout va s'arranger. Je vois alors son sourire plus lumineux qu'un millier de soleils, je le sens m'envahir d'une paix indescriptible, un bien-être absolu, me substituer de tout mon être, puis… Plus rien. Je m'effondre dans les bras de Morphée. Le néant. Le trou noir complet. Je pars.

Le réveil sonne. Beaucoup moins fort, étrangement. Peut-être est-ce l'habitude… J'ouvre péniblement un œil. La vision brumeuse me pousse à le refermer. Je l'ouvre de nouveau, avec plus de conviction, et, face à ce qui apparait, je sursaute aussitôt. Il n'y a plus de papier-peint carrelé. Seulement des murs blancs. Je contemple la pièce, sous tous ses angles, bouche bée, presque en apnée. Je me tourne vers ma table de chevet, NOM DE DIEU ! MON TELEPHONE ! Je le prends brutalement dans mes bras, l'embrassant même sur le dos, riant nerveusement. Je me lève précipitamment, sors de la chambre, me tiens face au salon… Un immense sourire envahit soudainement mon visage. Je retrouve mon écran plat, mon ordinateur, et mon canapé, avec coussins en coton ! Dans un élan d'enthousiasme, j'allume la télévision, comme pour m'assurer que tout cela est bien réel. Poutine est à l'écran, prônant des menaces nucléaires face à l'Otan, dans le cadre de la guerre en Ukraine. Pas de doute ! Je suis de nouveau dans mon époque ! Dans mon temps ! Je suis revenue à ma vie ! La joie disparait tout à coup, pensant à Paulette… Cette femme fabuleuse, que je ne reverrai plus. Je repense également à cette franche amitié avec… eh bien, mon grand-père. Du moins… Avant qu'il le devienne. Non, vraiment, cette histoire est dingue, je ne parviens toujours pas à y croire. Ce n'est pas possible. J'ai dû rêver, très fort, très longtemps. Ce n'était pas la réalité. Mon subconscient m'a joué un très mauvais tour, rien de plus !

Pour oublier toute cette histoire que je ne pourrai raconter à personne, pour mettre derrière moi toutes ces émotions intenses que j'ai pu ressentir tout le long, je décide de me promener un petit peu, aller prendre l'air, me laisser happer aux hasards de cette ville que je redécouvre alors, saisi par sa modernité. J'observe les bâtiments, constatant de mes yeux leur évolution, et puis jette un regard auprès des gens. Les hommes en costume et portant le chapeau ont disparu. Ils portent désormais des t shirts, certains ont des tatouages, tous sont barbus. Les femmes, certes, attirent l'œil, affichant leurs atouts non négligeables, mais semblent transparentes, dissociées du monde extérieur, du regard masculin. Les jeunes filles, pourtant adolescentes, n'ont plus aucune innocence. Tout chez elles indique un affront avec les autres. Et puis, évidemment, je retrouve les fameux joggings baskets. Ils ne m'avaient pas manqué, ceux-là, tiens… J'en aperçois un, s'approchant lentement, porter une capuche sur la tête, alors que le soleil se trouve radieux, et que les températures avoisinent bien les vingt degrés, en ce bel après-midi de printemps. Il me regarde, fronçant les sourcils, de ses yeux vidés de toute conscience, tentant puérilement de paraitre virile et menaçant, avec son petit duvet en guise de moustache et ses cinquante kilos tout mouillé. Content de te revoir, sombre crétin. Je continue mon excursion, traversant le centre-ville, ces petites boutiques désertées au profit de grands centres commerciaux et du e-commerce. Ces bars emplis de jeunes les yeux rivés sur leur téléphone, se parlant à peine, bien qu'accoudés aux mêmes tables. Ces pauvres livreurs qui pédalent à vélo pour gagner trois fois rien. Ces trottinettes électriques zigzaguant dangereusement sur les trottoirs, ces cheveux multicolores, et ce langage que je peine à reconnaitre. Eh oui… Que voulez-vous, **il faut vivre avec son temps**.

Soudain, une dame âgée, marchant très lentement, se tenant à son déambulateur, s'arrête, à une dizaine de mètres de moi, et me fixe avec profondeur. Ses yeux sont presque exorbités. Je l'observe, tentant de comprendre… Je quitte son regard insistant, puis, voyant qu'elle me suit des yeux, totalement figée en plein milieu de la rue, je me retourne de nouveau vers elle.

« Va… Valentin ? » hurle-t-elle alors, d'une voix usée. A cet instant, je ne peux plus bouger, mon estomac se noue, je suis paralysé. « Valentin ? C'est toi ? » continue-t-elle, la voix frêle, affichant des yeux d'un bleu limpide me dévisageant. Elle tremblote, avachie sur son déambulateur, statique au milieu de cette rue. Les gens autour se retournent, tentent de suivre cette scène plutôt cocasse. La regardant de plus près, plus longuement, ses yeux semblent revenir en ma mémoire.

« Heu… Paulette ? » je lâche, sans conviction, mais, suite à ce que je venais de vivre… Mes convictions pouvaient bien rester au placard. Elle sursaute alors, arborant un immense sourire, dont la dentition clairsemée ne peut me procurer aucune certitude.

« C'est moi ! Tu es là, mon Valentin ! Oh mon amour ! » s'exclame-t-elle sans complexe, en tentant d'avancer vers moi, lentement mais sûrement. Mon sang devient froid comme la glace. Je reste littéralement bloqué, je suis sans voix. Ce n'est pas possible…

« Je t'ai attendu et espéré durant toutes ces longues années ! » pleure-t-elle en s'approchant, avant de m'enlacer chaleureusement dans ses bras, sous les regards amusés des passants. Une femme grimace, se met à rire, se moquant littéralement.

« Heu… C'est… Ce n'est pas ce que vous croyez.» je lui dis, décontenancé, la mine tombante, pendant que cette pauvre mamie me cagole et commence à me caresser le visage, pleurant alors une rivière de larmes. Je ne bouge pas d'un fil. Je ne sais plus quoi penser…

« Oh mon Valentin ! Oh mon amour ! Tu n'as pas changé ! Même pas pris une ride ! » lâche-t-elle, me souriant intensément, ne comptant plus ses san-glots. Je me retiens alors de lui répondre qu'elle, par contre… Oui, tout ce que je venais de vivre, cette aventure incroyable, invraisemblable, était bien réelle. Ce n'était pas un rêve, encore moins un cauchemar. Je devrais donc désormais apprendre à vivre avec ce que ce voyage à travers le temps m'aura laissé de plus précieux, les leçons qui, j'en suis certain, me feront grandir et apprivoiser le monde sous un regard hardi. Je ne serai plus le même à l'avenir, je vivrai avec le cœur léger, et af-fronterai mes craintes les plus emmitouflées. Puis... Bon... J'aurais au moins retrouvé Paulette.

LA ROUTE DES AMES PERDUES

II

23h38, m'indique la radio. Il est temps de rentrer. Comme à mon habitude, après une énième dispute conjugale, je prends la voiture et m'éclipse le temps d'un soir, voire d'une journée, là où ce monde peut encore me surprendre et m'évader de cette cage dorée, aussi reluisante qu'inconfortable qu'est devenue ma vie, désormais. Je pars à la recherche d'une autre réalité, d'un vide à combler qui ne se comblera jamais, d'un rêve déchu qui reviendrait à moi comme un vieil ami d'enfance, avant de me laisser seul avec une existence matérielle vide de sens. Je ne suis pourtant pas le plus à plaindre… J'ai un emploi, responsable logistique dans un entrepôt, pour être précis. C'est clairement alimentaire, mais c'est un emploi, et une petite source de fierté, m'ayant vu entrer au sein de l'entreprise par la petite porte, un contrat en intérim comme préparateur de commandes, pour finalement devenir responsable d'un secteur. Ce travail me prend un temps fou, m'épuise parfois et me fait perdre toute notion de vitalité, mais c'est ce qui me permet le luxe d'habiter dans la Grande Ville dans un appartement qui est ma seconde fierté. J'ai aussi et surtout une femme qui m'attend à la maison, une femme que j'ai pourtant tant aimée, lorsque nous étions encore des versions de nous-mêmes pleines d'innocence et d'espoirs exaltants nos vies qui, à l'époque, étaient pour le moins instables et – dans mon cas- particulièrement précaires, comme des gamins trop pressés de grandir pour goûter à une liberté fantasmée. Oui, cette femme, je l'ai aimée plus que tout au monde. Repenser à nos débuts, à notre premier voyage, à notre première installation, à notre magnifique mariage ; ces souvenirs réveillent en moi des émotions enivrantes. Nous étions dans une aventure rocambolesque dans laquelle nous ne faisions qu'un, jouant aux explorateurs d'un monde qui nous semblait n'être qu'une immense cour de récréation. A ses côtés, par notre amour, la vie n'était qu'un jeu. Un jeu fabuleux. Un jeu que nous ne voulions jamais arrêter. Puis les années ont passé, les rêves enfantins se sont d'eux-mêmes rangés au grenier, comme de vieux jouets oubliés, les contraintes ont commencé à s'accumuler, la magie a laissé place à une routine terre à terre dans laquelle la passion et la fantaisie n'étaient plus invitées. Notre intimité, également, a évolué, laissant derrière nous les frissons des débuts, pour aborder cette question désormais comme un besoin physiologique primaire classique, un devoir matrimonial, une tâche de plus à cocher sur la liste… Sur cette route de campagne, entourée d'une forêt ne semblant jamais finir, dans cette nuit particulièrement sombre, les souvenirs remontent, et une question demeure. Comment avons-nous pu en arriver là ?

Continuant ma route, le regard hagard, les pensées dispersées, je ressens brusquement une fatigue me traverser. Mes paupières deviennent soudainement lourdes, je sens l'énergie dans mon corps se vider, peu à peu. Il est grand temps de rentrer, mais le chemin est encore long… Tout à coup, je ne comprends plus rien, la radio sature, l'écran du tableau de bord s'éteint sans raison apparente, se rallume aussitôt, se rééteint de nouveau ; quelque chose dysfonctionne… La petite lumière éclairant l'intérieur de la voiture, située au-dessus de ma tête, commence à chavirer à son tour avant de rendre l'âme et me laisser dans le noir complet sans crier gare. Je tente de comprendre ce qu'il se passe, jette un œil sur chaque élément du véhicule se trouvant autour de moi, mais la fatigue me sabote le travail, ma vision devient confuse, et le manque de luminosité ne m'aide en rien. Alors que je tapote sur le plafond de la voiture, dans un dernier espoir, pour relancer la lumière, je sens le véhicule me lâcher, ne plus répondre à aucun de mes gestes, se dirigeant de lui-même sur le bas-côté de cette route, à quelques mètres du fossé, dans cette nuit plus noire que le noir pourrait imaginer. Je tente désespérément de rallumer la voiture, une fois, deux fois, trois fois… Rien n'y fait. Je peine à réaliser que je suis bloqué là, tout seul, à cette heure si tardive, à une douzaine de kilomètres de chez moi. Je m'écroule sur le volant, dépité, pris entre la colère et l'inquiétude d'une situation qui s'annonce pour le moins délicate, et affaibli par une fatigue aussi puissante qu'impromptue, me faisant littéralement perdre pieds. Je reste ainsi, la tête sur le volant, mes bras l'entourant, fermant alors les yeux quelques dizaines de secondes, le tout en grognant quelques jurons dont j'ai le secret dans ce type de mésaventures. Je ferme donc les paupières, me reposer un tant soit peu, et tente de retrouver à la fois mes esprits, mon calme, et la force nécessaire pour surmonter cette épreuve qui m'attend. Je pense à ma femme, qui doit se poser mille et une questions, faire les cent pas, se demander où je peux bien errer, ce que je suis en train de faire, et si cette fois était la dernière, qu'après ces incessantes disputes, elle finirait par ne plus me voir revenir… Je garde les yeux fermés, me sens lentement partir, ma respiration ralentit un peu plus à chaque inhalation, ma tension baisse, un sommeil de plomb me fracasse. Je me sens lynché d'un épuisement absolu, je lâche totalement prise, je quitte momentanément le monde conscient. Je ne suis plus présent. Je m'abandonne.

Je sursaute sur mon siège, prenant distance furtivement avec le volant, inspirant bruyamment par la bouche, manquant d'oxygène, comme revenant d'une longue apnée. Je tente de maitriser ma respiration qui s'emballe, mes mains sont agrippées aux bords du volant, je regarde autour de moi, je ne perçois absolument rien de reconnaissable. Aucune silhouette, aucun bout de quoique ce soit qui pourrait m'apporter un bribe de repère. Jamais je n'avais vu une nuit aussi lugubre. Mes mains sont à peine visibles tant l'obscurité est profonde. Face à cet environnement quelque peu ténébreux, je tente de trouver ma lampe torche, qui devrait être cachée dans la boite à gants. Je tape maladroitement dessus, un peu partout, tenter de trouver l'ouverture, à l'aveugle… Ca y est, je l'ai ouverte, je sens que je touche plusieurs papiers, je reconnais l'album à CDs, très bien… Ah, voilà ! La lampe torche ! Je la sors de la boite à gants rapidement, et l'allume, les mains tremblantes. Je reconnais la voiture, c'est déjà un bon début. Je réinsère la clé dans le contact et tente de la rallumer. Sans succès. Le véhicule ne fait aucun bruit, ne semble absolument pas recevoir mes demandes que je lui tends. C'est bien la première fois qu'elle me fait ce coup-là, c'est étrange… J'ouvre timidement la porte, sors du véhicule, ressens un froid intense m'envoûter aussitôt, un froid singulier, rien à voir avec le classique hivernal, non. Comme un froid qui ne vient de nulle part, sans aucune source météorologique rationnelle. Aux dernières nouvelles, nous étions au Printemps, sous une douce saison, et une simple chemise couvrait le haut de mon corps. Je ne saisis pas bien ce qu'il est en train de se passer… J'avance vers le capot de la voiture, la lampe torche me guidant. Je l'ouvre, et regarde le moteur. C'est ce que font les personnages masculins dans les films, coincés dans ce genre de situations, non ? Sauf que moi, je n'y connais absolument rien, ne suis pas manuel pour un sou… Réalisant cette pathétique vérité, je rumine et referme le capot, honteusement. Je ne pourrais pas compter sur moi-même pour sortir de là. Une seule solution existe. Appeler quelqu'un. Mais qui ? En pleine nuit, en zone rurale…De plus, je ne sais même pas où je me situe ! N'ayant d'autres choix, je me dois tout de même d'essayer.

Je sors mon téléphone de la poche, appuie sur le bouton, mais l'écran reste noir. Je rappuie de nouveau, rien. Aucune réaction. Ce n'est pas croyable, enfin ! Mais qu'est-ce qui m'arrive, ce soir ?! L'angoisse, la crispation commencent à m'envahir doucement. J'appuie longuement, provoquant normalement la possibilité de le rallumer, de le réinitialiser. L'écran reste continuellement noir. J'appuie dessus frénétiquement, encore et encore, râlant et insultant mon pauvre téléphone, avant de flanquer un coup de poing sur la carrosserie de la voiture, hurlant un « MER-DE ! » en insistant bien sur les deux syllabes, un « merde » qui vient du cœur. J'observe autour de moi, armé de ma lampe torche que je prie de ne surtout pas me lâcher, et je soupire face à ce néant dans lequel je suis encerclé. Je plonge mon visage dans ma main, me masse rapidement la nuque, tête baissée, les yeux rivés au sol. « Eh bien… Là, ma parole… On n'est vraiment pas rentré. »

Comprenant que je suis condamné à passer la nuit dans ce trou perdu si je ne bouge pas, je me résigne tristement à quitter ma voiture, la laisser en plan et partir, faire la route à pieds, espérant retrouver un semblant de lumière, une lune qui réapparaitrait miraculeusement pour m'éclairer jusqu'à chez moi.

Ma lampe torche en main, je commence à avancer, la boule au ventre, ne pouvant m'empêcher de me retourner vers ma pauvre voiture que je me dois d'abandonner, elle qui m'avait accompagnée durant chacune de mes aventures, mes joies et mes névroses, et ce depuis de nombreuses années... Je me dis que je reviendrai la chercher demain matin, après tout. Lorsque le soleil finira par se lever, je courrai à sa recherche et tout reviendra à la normale. Cette nuit ne sera plus qu'une sombre anecdote.

M'éloignant de plus en plus, la lampe torche ayant une force d'éclairage plutôt limitée, je me prends d'une véritable tristesse lorsque, me retournant de nouveau, elle n'apparait plus dans mon champ de vision. J'en ai presque envie de pleurer. Et puis ce froid... Bon sang, d'où vient-il ? Ma chemise semble bien trop légère pour affronter ce vent glacial qui souffle dans mon dos. Des frissons m'envahissent, mes poils se dressent. Si je dois marcher douze kilomètres comme cela... Je vais terminer le trajet complètement frigorifié. Je continue de marcher, comme dans un tunnel sans issue. Je ne vois rien d'autre que cette route, de vagues silhouettes d'arbres derrière le fossé, arpentant la forêt qui arbore ce paysage où les ténèbres semblent s'y amuser. Je m'imagine rentrer chez moi, trouver ma femme en peignoir, me regarder de ses yeux accusateurs, mêlés entre la délivrance, le soulagement et la rancune, je l'entends me poser de nombreuses questions, pourquoi je rentre aussi tard, qu'est-ce que j'ai été faire, tout seul, dans un endroit pareil… Puis je la vois se mettre à pleurer, me tournant légèrement le dos, et me dire qu'elle ne comprend pas pourquoi cela ne fonctionne plus entre nous, pourquoi nous ne parvenons plus à nous parler librement, simplement, comme « avant », lorsque le «nous » ne se questionnait aucunement, et que le «je » s'effaçait naturellement derrière le tableau que notre amour indéfectible peignait dans nos âmes. Cette scène, dans mon esprit, me tord le ventre, l'émotion me monte à la gorge, la culpabilité me ronge. Il faut que je rentre. Au plus vite. Il ne faut plus déserter, fuir le problème, il faut que nous nous disions les choses, face à face, comme des adultes responsables, afin de faire honneur à notre histoire, à l'amour que nous nous sommes toujours porté. Tous les couples traversent, à un moment donné, une mauvaise passe, cela n'a rien d'irréversible, après tout… Peut-être que j'appellerais un psychologue pour faire une thérapie conjugale, tiens. Cela peut être une bonne idée. Oui, lorsque je rentrerai chez moi, je lui en parlerai. Elle verra que je prends les devants, que j'essaie de régler le problème, que cela m'est aussi insupportable que pour elle. Elle comprendra que cette souffrance que nous ressentons depuis des mois doit cesser. Alors, elle sèchera ses larmes et m'affichera de nouveau son plus beau sourire... Pour que viennent enfin à nous des jours heureux.

Voilà un bon kilomètre, au moins, que je viens de franchir, et ce froid commence à devenir particulièrement rude. Le silence, également, m'est assourdissant. Pas un bruit d'oiseaux, de hiboux, de je ne sais quel insecte ou même une feuille tombante. Rien. Le silence le plus lourd. Je marche sans temps mort, mais ne semble pas avancer, comme si le sol sous mes pieds était devenu un tapis roulant, faisant du sur-place autour de ce décor préfabriqué et statique. L'inquiétude grimpe alors en moi, lorsque, soudain, j'entends un bruit. Un bruit de moteur, au loin. Cela ressemble à une voiture, qui vient derrière moi, et s'approche, petit à petit. Une lumière de pleins-phares jaillie dans mon dos, et le bruit devient plus évident. Je me retourne avec enthousiasme, avec espoir, rapidement confirmé. C'est bien une voiture. Je fais alors signe, bras tendu sur le côté droit, pouce levé, fixant la voiture, aveuglé par la lumière de ses phares, offrant un profond contraste avec l'obscurité absolument sinistre tout autour. Je prie pour que la voiture s'arrête, c'est probablement ma seule chance de pouvoir rentrer en sécurité, et sans mourir de froid… La voiture s'approche, elle n'est plus qu'à une trentaine de mètres de moi, je la vois ralentir doucement, et s'arrêter à mon niveau, à ma grande joie. Je m'approche du véhicule, la fenêtre côté passager s'ouvre alors.

« Bonsoir ! Vous êtes perdu ? » me demande un grand gaillard au crâne rasé, profonde cicatrice sur tout le long du crâne ainsi que la moitié droite de son visage, vêtu d'une veste en cuir noir façon «bad boys des années 50 ». Il me sourit et attend ma réponse.

« Bonsoir, oui, je suis tombé en panne. Ma voiture a lâché, je ne sais pas où je suis, et à cette heure…» j'explique, « Ah oui, la grosse galère, quoi ! » me coupe-t-il d'un geste de la main, empathique.

« Et vous allez où ? » me demande-t-il dans la foulée.

« Chez moi, dans la Grande Ville. Si vous pouviez m'y déposer, même ne serait-ce qu'à l'entrée, ce serait vraiment… » dis-je, l'implorant presque, grelotant de froid et d'angoisse.

« Pas de problème ! Aller, montez ! » enchaine-t-il en me signalant le siège passager-avant. Pris par le soulagement, je ne me pose pas la moindre question, ouvre la portière, et m'assoie à sa droite. Le véhicule est ancien, sûrement une collection des années 50, mais encore une fois, je n'y connais rien en bagnole. Je referme la portière et l'homme démarre aussitôt, sourire en coin. La sensation du froid se dissipant tout à coup me procure une sensation de bien-être des plus agréables. J'en oublie même finalement le conducteur.

« Vous faisiez quoi, dans ce trou paumé ? » demande-t-il, après deux minutes de trajet, sur un ton désinvolte. « Je rentrais chez moi. » je me contente de répondre pudiquement.

« C'est pas le genre d'endroit où il faut tomber en panne, hein ? » sort-il en se retournant furtivement vers moi, riant copieusement. Je souris par politesse, sans répondre.

« Cet endroit, je vous le dis, on n'en sort jamais. C'est une putain de route maudite ! » grogne-t-il, laissant fatalement tomber son éclat. Je le regarde, intrigué.

« Pourquoi dites-vous ça ? », je lui demande. Il continue de regarder la route, le visage fermé.

« Vous avez une femme ? Des enfants ? » interroge-t-il alors, de manière impromptue.

« Eh bien, oui, j'ai une femme. Pas d'enfant, mais je suis marié depuis quatre ans. »

« C'est votre femme que vous comptez retrouver, là ? » lâche-t-il impétueusement.

« Heu… Oui. Je… Elle m'attend à la maison. » ne comprenant pas ce qu'il trame derrière la tête. Cet homme me parait de plus en plus étrange, quelque chose cloche vraiment chez lui…

« Avant de partir, vous lui avez dit que vous l'aimiez ? » me balance-t-il, sans gêne, lâchant alors la route pour me fixer de ses yeux sombres et pénétrants.

« Je… Où voulez-vous en venir ? » je rétorque, mal à l'aise. Il affiche un sourire jaune.

« On oublie souvent ce genre de choses. C'est con, parce que parfois… On n'a pas toujours l'occasion d'y remédier. » me sort-il froidement, les yeux de nouveau rivés sur la route. Je le regarde sans rien n'ajouter, voulant cesser cette drôle de conversation. Je reste rivé sur la route, qui ne s'éclaircit toujours pas. Malgré les pleins-phares, on ne voit rien à plus de vingt mètres. Une sensation déplaisante m'empresse, me dévore, je m'impatiente… Soudain, je pose les yeux côté fenêtre, ne voyant rien d'autre que mon reflet et celui du conducteur, que je fixe alors, les yeux figés, le corps paralysé par la peur : je vois apparaitre sur son crâne des cheveux longs, fins, éparses, dressés en désordre, au milieu de brûlures vives, rouges sang, encerclant de terribles cicatrices ouvertes et décomposées, longeant son cuir chevelu pour traverser son visage défiguré, le nez arraché, la bouche détruite, dont la dentition est visible par sa joue droite entièrement déchiquetée, pendant que son cou se trouve rongé par les flammes au troisième degré. J'entends des craquements lents et saccadés, tournant sa tête douloureusement vers moi, rythmé par une respiration laborieuse, buccale et agonisante. Je me tourne alors vers lui, le souffle coupé, les membres anesthésiés. Son visage entier est brûlé, affreusement déformé, son œil gauche est exorbité, sa mâchoire est atrophiée.

« On ne sort jamais d'ici, mec. **Jamais.** » me dit-il d'une voix d'outres-tombes, entre chaque respiration qui semble être pour lui une torture. Sans réfléchir, sous une trouille monumentale, j'ouvre la portière de toutes mes forces et saute précipitamment du véhicule, me propulsant à pleine vitesse sur cette route qui me verra rouler et glisser fugacement sur plusieurs mètres, avant de m'étaler dans le fossé. Je reste immobile, les yeux ouverts, sidéré, laissé à cette nuit des plus graves qui ne semble jamais s'achever.

Je me relève assez vite, par la force de l'adrénaline, et tente d'avancer, pas à pas, malgré le choc.

Etonnamment, je ne ressens que très peu de douleur. Je n'ai aucune fracture, et mon corps ne semble pas particulièrement marqué par cette chute, pourtant conséquente. Je ne vais pas m'en plaindre, mais il faut avouer que c'est déroutant… L'image de cet homme défiguré et carbonisé hante mon esprit, pendant que je reprends une marche rapide, dans cette obscurité sans fin, et ce froid qui ne me manquait pas. Ce que je viens de vivre est absolument effrayant. Ses mots laissent penser qu'il souffre d'un traumatisme, que quelque chose ne tourne pas rond, mais comment a-t-il pu soudainement se métamorphoser et devenir méconnaissable à ce point? Je n'avais encore jamais ressentie une telle peur dans ma vie. Je me sens maintenant particulièrement horrifié, vulnérable, happé dans un cauchemar éveillé dont on ne voit jamais la fin. Quand je vais raconter cela à ma femme… Elle ne me croira pas. Elle me dira que j'ai une imagination des plus fertiles, que je suis prêt à inventer n'importe quoi pour ne pas lui dire la vérité. Elle s'imagine toujours des choses, se fait des films, chaque fois que je m'absente et ne lui fait pas de compte rendu détaillé, minute par minute… La jalousie la bouffe depuis plusieurs années, maintenant. Je l'ai vu changer du jour au lendemain, devenir particulièrement possessive, paranoïaque, me faire des interrogatoires pour un oui ou pour un non, préférant m'étouffer au quotidien pour mieux me contrôler plutôt que de prendre le risque de me perdre pour de bon. Il est vrai que j'ai pu ressentir du désir pour d'autres femmes et qu'un flirt avec une collègue a eu lieu, quelques mois plus tôt. Je ne me sens plus moi-même, je vis de plus en plus sous ses ordres, selon ses règles et selon ce qu'elle souhaite faire de moi. Elle me considère désormais comme acquis, ne cherche plus à éveiller le désir, à placer de nouveau une part de séduction dans notre relation, non. Cette alliance que je porte est devenue désormais une menotte me raccrochant à elle, dont elle-seule possèderait les clés. Pourtant, malgré tout le ressentiment que je lui porte, je ne peux faire autrement que de l'aimer… Parce que ses qualités sont rares, sa loyauté est sans faille, son rire est addictif, sa douceur m'apaise, sa capacité d'écoute me console et me rassure, et parce qu'elle a été pour moi le meilleur des anti-dépresseurs, dans une période où tout ce qui comptait le plus à mes yeux me filait entre les doigts sans que je ne puisse rien y faire. Lorsque je pensais au pire, lorsque plus aucun avenir ne pouvait se créer, elle est entrée dans ma vie… Et m'a ressuscité.

Je crains à chaque instant que cette lampe torche m'abandonne et me plonge dans le noir absolu. Sans celle-ci, je ne vois que le néant. Pendant que je continue de marcher en tentant de supporter ce froid pour le moins désagréable, je distingue soudainement un bruit, très proche, furtif. Des bruits de pas, semblant courir autour de moi, mais je ne vois strictement rien. Je suis aux aguets, dirige la lampe torche de gauche à droite frénétiquement, sentant la peur, l'angoisse primaire gonfler dans ma poitrine. Je tends l'oreille, marchant très lentement, place la lumière en face de moi, plus longuement, et essaie de retenir mon souffle. Le silence est pesant. Je ne perçois plus les pas. Je reste figé là quelques instants, l'estomac totalement noué, la respiration haletante, appréhendant le moindre bruit, le moindre son qui pourrait survenir. Plus rien. Un silence de plomb. Je me dis que cela vient probablement de mon esprit, fabriquant des sources irrationnelles de peurs causées par ce que je venais de vivre dans la voiture de l'homme brûlé… Probablement, oui. Il va vraiment falloir que je rentre enfin chez moi, si je ne veux pas voir ma santé mentale vriller officiellement. Je reprends la marche, à un rythme plus soutenu, gardant la lumière face à moi, me permettant d'avoir vu sur les dix mètres qui m'entourent. Tout à coup, un enfant jaillit abruptement face à moi, courant à pleine vitesse en riant, dont le rire résonne au milieu de ce funeste silence. Je lâche un soupire de surprise, m'arrête brusquement, dirige la lampe torche vers ma gauche. Personne. Je tends la lumière dans chaque coin et recoin tout autour de moi, mais je ne vois absolument rien. Ma tête me joue des tours, ce n'est vraiment pas bon signe… Je reprends la marche, plus rapidement, comme pressé d'en finir, pressé de retrouver la lumière, mon appartement, ma femme, ma vie. La peur m'envahit, je me sens comme pris dans un piège dont j'ignore le fond. Je continue d'avancer, d'un pas élancé, quand tout à coup l'enfant surgit à nouveau devant moi, me frôlant presque, courant avec énergie, toujours en riant à pleine voix, avant de disparaître une seconde fois. Je balance alors la lumière sur ma droite, mais le silence retombe instantanément…

« Qui êtes-vous ? » je m'exclame, la main tremblotante légèrement, la respiration rapide. Aucune réponse. J'attends. Le silence complet. Je vais pour continuer mon chemin, lorsque l'enfant apparait subitement face à moi, de manière statique, me fixant dans le blanc des yeux. Il porte un béret bleu, une chemise blanche à rayures, un petit short bleu marine, et des souliers en cuir. Il ressemble à un écolier des années 40. Son teint est pâle, ses yeux sont entourés de cernes noires, ses lèvres sont particulièrement gercées. Je me tiens là, face à lui, totalement démuni et pétri de trouille. « Tu veux jouer avec moi ? » finit-il par me demander, d'une voix aigüe et innocente, résonnant en échos dans le vide. Il continue de me fixer longuement, sans bouger d'un centimètre. Je ne sais que répondre, je ne peux sortir le moindre son, ma gorge devient sèche, mes mains moites.

« Est-ce que tu veux jouer avec moi ? » insiste-t-il, penchant sa tête vers son épaule gauche, ne me lâchant pas des yeux, levant légèrement les sourcils, avant de me foncer dessus sans prévenir, riant fort, d'un rire narquois. Instinctivement, je recule et le bouscule légèrement, le poussant sur ma gauche, tendant la lumière à son niveau, le voyant d'abord courir sans le moindre bruit, cessant soudainement de rire, et disparaissant en une fraction de seconde dans les ténèbres de cette nuit noire. Je continue d'observer sur ma gauche, posant la lumière d'un angle à l'autre, le geste inquiet, le souffle court, puis, n'apercevant plus rien, remets la lumière face à moi. A cet instant, je bondis sur moi-même, lâche un cri terrifié, lorsqu'à quelques centimètres de moi se tient une femme au visage émacié, le teint blafard, des poches noires sous les yeux, des cheveux grisonnants   particulièrement   esquintés, visiblement maltraités, et d'une sécheresse terrible. Vêtue d'un pyjama à rayures trop large, défraichi, froissé, bordé de tâches de sang, elle me fixe de ses yeux ronds, d'un air grave, fronçant ce qui lui reste de sourcils, et me dit :

« NE TOUCHEZ PAS MON FILS ! » en hurlant à s'en briser les cordes vocales. Je la regarde, médusé, pris d'une incompréhension d'abord, et d'une grande panique ensuite. Je recule, tente de prendre mes distances avec cette femme, essaie de répondre quelque chose mais je perds mes moyens, je bafouille, je ne trouve plus mes mots. La peur me submerge et me contrôle totalement. Je lui fais signe de la main, montrant que je ne veux pas de conflit, que je ne sais pas ce qu'elle me veut mais que je ne suis une menace ni pour elle, ni pour son enfant. En vain.

« NE TOUCHEZ PAS MON FILS ! » continue-t-elle de me scander allègrement, s'avançant avec force, une détermination intimidante, pour revenir à une poignée de centimètres de moi, me fixant d'un regard saisissant, où tout fragment de vie semble avoir disparu.

« Je... Je n'ai... Je ne le touche pas ! Il n'y a pas de problème ! » je tente de répliquer, la contournant, affichant ma pleine main en guise de signe de paix. Elle lâche alors un cri strident, plein de douleur, de détresse, de désespoir, tout en fermant les yeux, serrant les poings, avant de s'effondrer sur les genoux, éclatant d'un sanglot aussi atroce qu'inconsolable. Je la regarde, circonspect, pris entre une peur bleue et une empathie soudaine envers une femme qui semble avoir vécu ce qu'il peut arriver de pire dans une vie, et dont la souffrance est indescriptible… Je m'éloigne d'elle, peu à peu, tout en l'observant, armé de ma lampe torche, pendant qu'elle continue de hurler d'une voix défaite, d'une peine incommensurable, une pluie de larmes chutant sur le bitume, oubliant presque ma présence pendant un instant. J'en profite pour accélérer le pas, puis commencer à trottiner, la peur ne me quittant plus d'une semelle. Je cours vers l'avant, ne sentant plus mes jambes, la trouille commençant à me consumer inexorablement. Je ne comprends pas ce qu'il se passe, je ne sais pas où je suis, et le plus inquiétant est le fait que je ne vois aucune issue à cette noirceur générale. Le souffle difficile, je tente d'accélérer encore, appréhendant chaque pas, chaque mètre qui me dépasse, dans lequel quelque chose de machiavélique pourrait encore apparaitre. J'entends des bruits, de nouveau. Des pas, lourds, irréguliers, marchant sur un bout de bois, puis sur de l'herbe humide. Le fossé herborisé se trouve sur ma droite, je tends alors la lampe sur ce côté, et sursaute tout à coup, saisi d'une panique et d'une détresse profonde.

« Est-ce que vous pouvez m'aider, s'il vous plait ?» me demande fébrilement un homme d'une soixantaine d'années, les yeux pleins de larmes, une barbe négligée, des cheveux clairsemés et mal coiffés, la silhouette bedonnante, vêtu d'un maillot de corps blanc et d'un jogging gris délavé, mais le plus marquant chez lui est cette corde épaisse entourant son cou, longeant son dos et se posant à ses pieds. Son cou est marqué d'une trace rouge vive, sa glotte est partiellement déformée. Son teint est bleuâtre. Il me regarde passer devant lui, pleurant silencieusement, le regard éteint et profondément dénué d'espoir. « Aidez-moi, s'il vous plait… » continue-t-il en sanglotant, avançant lentement vers moi, accompagné de cette lourde corde traînant jusqu'au sol.

« Je… Je ne peux rien faire, je… Laissez-moi ! Laissez-moi ! » je rétorque alors, haussant progressivement la voix, voulant l'éloigner, pendant que je tente de repartir vers l'avant, mais l'homme attrape mon poignet, d'une main gelée, légèrement ensanglantée, et m'agrippe fort, me retenant contre lui. Je lui ordonne de me lâcher, pousse le bras brusquement vers l'arrière, mais je le vois ajouter sa deuxième main autour de mon avant-bras, et me retenir de toute ses forces, titubant légèrement, me fixant

d'un air misérable, répétant sans cesse sa miséri-
corde. En reculant, je sens que je cogne quelque
chose, ou quelqu'un, juste derrière moi. Je tourne
la tête, aperçois un autre homme, particulièrement
grand, portant des lunettes, une barbe de quatre
jours, relativement âgé, habillé d'un pull en laine
sur lequel une tache de sang compact et imbibé dé-
cors toute la zone de son ventre. Il m'attrape l'autre
bras avec poigne, me tire vers lui, je commence
alors à me débattre face à ces deux terrifiants in-
connus, tétanisé par la peur, semblant sombrer en
plein cauchemar les yeux ouverts. Je tente de flanquer un coup de pieds à l'homme à la corde, mais
la force m'échappe lamentablement, mes membres
deviennent faibles. Je tente de bousculer celui à la
tache de sang, derrière moi, en usant de tout mon
poids, avec mon dos, collant au passage un coup de
tête avec l'arrière de mon crâne impactant sa mâchoire, mais rien ne semble stopper leur emprise. Je
crie alors, de peur, d'une stupeur absolue, me sens
m'affaiblir un peu plus chaque seconde, pendant
que l'homme à la tache de sang glisse son avant-
bras sur mon cou et m'agrippe avec force, me fait
basculer vers lui, pendant que mes jambes pendent
au-dessus du sol, prises par l'homme à la corde, me
les attrapant fermement pendant que je tente de me
débattre dans un dernier recours. La fin me semble

inéluctable, je me vois déjà partir, je n'aurais pas songé mourir d'une façon aussi atroce… Je pense à ma femme, je revois ma vie défiler, ces souvenirs d'enfance émouvants, cette passion pour la littérature qui a guidé la première partie de mon existence, ces échecs et désillusions qui m'ont anéanti, cette chute vertigineuse qui a bien failli coûter ma perte, puis cet amour passionnel qui m'aura vu renaitre et devenir une version de moi-même que je n'aurais jamais cru être un jour. Je repense à ce terrible choc, durant mon adolescence, qui m'a changé à tout jamais, dont les larmes ont formé un fleuve dans mon être torturé par une douleur en métastase, un mal ravageur. M'écroulant par terre, étranglé par l'homme à la tache de sang, et voyant celui à la corde avancer de plus en plus près avec un air sadique, je sens mes forces se diluer et disparaitre comme mon ultime espoir. L'air vient à me manquer. Je préfère fermer les yeux et attendre, face à l'évidence de mon sort, que cette horreur finisse par passer… C'est alors que j'entends des bruits de pas furtifs et frénétiques, se dirigeant droit sur nous, j'entends des coups fustiger de tous bords, je ne sens plus aucune emprise sur moi, je suis seul à même le sol. J'ouvre alors les yeux, et ce que je vois dépasse l'entendement. Une jeune femme brune, frêle, aux longs cheveux lisses, vêtue d'une blouse blanche de patient hospitalisé, est en train de filer une véritable correction aux deux hommes. Elle enchaine les coups de poings percutants, précis, d'une puissance surprenante, compte tenu de son gabarit, flanque un coup de pied dans les parties de l'homme à la corde, et un direct du droit dans le menton de celui à la tâche de sang, avant de prendre le second par le col, celui à la corde par la nuque, et de les encastrer violemment l'un contre l'autre, leur faisant goûter la route à pleines dents. J'assiste à cette scène invraisemblable, subjugué, toujours allongé au sol, avant d'en avoir la respiration stoppée net. Lorsqu'elle se tourne vers moi, reprend son souffle et déplace ses mèches de cheveux hors de son visage, mon sang se fige aussitôt. Je n'en crois pas mes yeux. « San… SANDRA ?! », je sors spontanément, estomaqué. Elle me regarde, tout sourire, me tendant sa main afin de m'aider à me relever.

« Dis donc, frérot, tu t'es retrouvé dans un sacré pétrin! Heureusement que je suis venue te chercher!» rétorque-t-elle de son assurance et de son phrasé que je reconnais instantanément.

« Mais… Comment c'est possible ?? Tu.. Tu es…»

« Morte, oui, je sais. » me coupe-t-elle, se recoiffant, comme si de rien n'était. Je l'observe alors, complètement abasourdi, proche de l'évanouissement.

« Bah alors, tu vas la prendre, ma main, oui ? »
ajoute-t-elle ensuite, me la tendant encore afin que
je puisse me relever. Je la saisis, me redresse péniblement, ne la quitte pas des yeux, ébahie. Sans
voix. Elle me regarde longuement, souriante, le regard tendre, le teint rosé, loin, très loin de la dernière image que j'avais d'elle…

« Rah, ça fait plaisir de te revoir, Lucien ! » lâche-
t-elle, visiblement enjouée, avant de me prendre généreusement dans ses bras. Je reste d'abord là, statique, me demandant comment je parviens à garder
mon équilibre, tant les émotions se mêlent et s'en-
trechoquent brutalement en moi.

« C'est… Ce n'est pas normal. Ca ne peut pas…
Je veux dire… Tu es morte… » je dis timidement,
secoué par le choc de l'émotion qui commence à
me prendre à la gorge. Elle me regarde alors avec
étonnement. Un fond d'inquiétude dans l'expression, elle me répond :

« Mais toi aussi, Lucien. Toi aussi. »

Sonné, KO debout. Je la regarde sans dire le moindre mot, je ne sais pas si je dois vomir, pleurer, ou m'effondrer sur le bitume... Dans tous les cas, rien ne se produit, je reste droit et silencieux, tentant de digérer cette décharge électrique effroyable qui sévit maintenant dans tout mon corps. Je ne comprends strictement rien, je ne sais plus quoi croire, à quels éléments rationnels et matériels me raccrocher pour tenter de trouver un semblant de réponse. Je continue de tergiverser dans mon esprit désormais saccagé comme une maison à la suite d'un violent tremblement de terre, pendant que Sandra me fixe, posant sa main délicatement sur mon épaule, affichant une grimace empathique voulant me rassurer et me consoler autant qu'elle le peut.

« Mais... Mais comment ça, je suis mort ? » finis-je par demander, sortant doucement de ma grotte intérieure. Je la regarde avec un profond déni, comme un enfant n'acceptant pas le fait que le Père Noël n'existe pas. « Tu es décédé tout à l'heure dans ta voiture. Tu ne t'en souviens peut être pas, mais... c'est le cas. » me répond-t-elle, pesant ses mots. J'ai du mal à y croire. Je me souviens avoir ressenti une immense fatigue, avoir eu mal à la tête, développé une vision floue, me sentir de plus en plus mal à l'aise, comme engourdi et alternant les sensations de chaud et de froid intenses, puis m'être endormi sur le volant et… C'était donc là. Lorsque je me suis réveillé, tout avait changé. J'ai basculé dans une autre réalité. Je ne m'étais pas réveillé, en vérité. Du moins, pas dans mon corps.

« Aller, viens, Lucien, ne restons pas là ! Ça craint, ici ! » lâche alors Sandra, me prenant par le bras, m'emmenant droit devant d'un pas pressé. Je la suis, restant silencieux et pensif, marchant à vive allure à ses côtés, la voyant observer constamment derrière elle, guettant un danger imminent.

« Il va falloir qu'on aille vite, parce que ce n'est vraiment pas l'endroit où il faut être, crois-moi ! » dit-elle, l'air grave, continuant de marcher au pas de course.

« Je veux bien te croire… » je réponds, marqué par ces évènements glaçants que je venais de vivre.

« Je suis venu te chercher parce que sinon… » se coupe-t-elle, entre deux regards furtifs vers l'arrière. « Sinon quoi ? »

« Sinon, on ne se serait jamais retrouvé. »

Après deux kilomètres de marche des plus sportives, Sandra finit par se calmer et baisser légèrement la garde, sentant le danger être de plus en plus éloigné. Elle lève les yeux à l'horizon et sourit aussitôt. « Ah, regarde ! La lumière revient!» s'enthousiasme-t-elle en pointant le doigt au loin. Au milieu de cette obscurité menaçante apparait une lueur, un échantillon de luminosité se dressant face à nous, comme au bout d'un tunnel interminable, au bout d'un voyage occulte et lugubre. Cette lumière fait alors naitre un large sourire sur mon visage, partagé par Sandra dont l'expression dégage une joie, un bien-être communicatif semblant sortir de tous ses pores. Son bonheur m'éblouit et me touche. Je ne l'avais pas vu aussi vivante depuis des lustres…

« C'était quoi, tout ça ? » je lui demande.

« Quoi donc ? »

« Cet endroit, cette noirceur, ces gens… Était-ce… Je ne sais pas… L'Enfer ? » je lui demande, intrigué.

« Oui et non. C'est plus compliqué que cela, en vérité. » répond-t-elle, l'air sérieuse.

« C'est-à-dire ? » j'insiste, curieux. Elle expire bruyamment, hésitant d'abord.

« C'est une transition. » commence-t-elle.

« Lorsque notre âme est violentée, tourmentée, prise d'un trauma important, ou est dans un profond conflit interne, elle reste dans cet état de noirceur et de douleur permanente. » Je l'écoute sans l'interrompre.

« La plupart des gens restent sur Terre, dans leur environnement habituel, sans même se rendre compte qu'ils sont morts. » dit-elle, levant les yeux vers moi.

« D'autres sont coincés dans cet endroit ténébreux parce que les souffrances qui les ont traversé durant une partie voir la totalité de leur existence les suivent dans l'autre monde. Ils ne peuvent s'en défaire, c'est comme ça. » ajoute-t-elle, affichant une expression compatissante. Un silence s'installe. Je tente de comprendre comment j'ai pu atterrir dans ce lieu. J'étais certes dans une mauvaise passe, mais je n'étais pas le plus malheureux des hommes...

« Si tu étais là, » commence-t-elle comme devinant ma pensée,

« c'est qu'un mal te rongeait depuis trop longtemps et que tu devais et dois encore t'en extirper si tu veux rejoindre... » s'arrête-t-elle, comme hésitant à décrire la suite.

« Rejoindre quoi ? Le Paradis ? », je lui demande, tentant de la devancer. « Disons l'endroit où tu dois réellement être. », « Et... A quoi ressemble cet endroit ? » Elle sourit.

« Tu verras bien... C'est pour ça que je suis là. » dit-elle sobrement, se retournant vers moi, le visage en paix, le regard presque scintillant. Je remarque d'ailleurs que je n'ai plus besoin de la lampe torche, la luminosité d'une blancheur vive se rapproche et apporte un climat de sérénité indescriptible. Cette forêt environnante parait soudainement si bienveillante, sa verdure semble si douce, si généreuse, et la route semble si limpide. Le froid s'estompe également, retrouvant une sensation printanière réjouissante. J'observe Sandra, à nouveau, et ne peut m'empêcher de lui faire part de mon agréable étonnement.

« En tout cas, tu… Tu as bonne mine ! » dis-je maladroitement, ne sachant pas comment m'y prendre. Elle me regarde, rit gaiement, et me remercie poliment.

« Ça change de ce que c'était avant, c'est ça ? » lâche-t-elle, lisant en moi comme dans un livre ouvert. Cet « avant », c'était lorsqu'elle fut encore en vie, il y a plus de quinze ans, du temps où la maladie était son meilleur ennemi et son partenaire de combat au quotidien, de longues années durant, avant de l'achever avec un cancer des os et des poumons épouvantable et foudroyant, et ce, à l'âge de 21 ans.

« Disons que… Que ça fait plaisir de te voir rayonnante comme cela ! » je me contente d'ajouter, retenant mes larmes face aux souvenirs déchirants qui remontent alors dans mon esprit.

« Merci ! » me répond-t-elle simplement, avec un large sourire et le regard pétillant, avant d'apercevoir mes yeux embués, faisant tomber son sourire, et me prenant dans ses bras spontanément, d'une chaleur se voulant rassurante, comme au temps disparu où elle était ma grande sœur héroïque, guerrière d'une vie de misère, que j'admirais plus que quiconque, et moi un gamin fragile et perdu qui trouvait en elle tout ce qui lui manquait…

« Ca va aller, mon Lulu. Je suis là, maintenant. *Je vais bien.* » me chuchote-t-elle à l'oreille, alors que j'éclate en sanglot à chaudes larmes sur son épaule, redevenant en cet instant ce pauvre gosse de 15 ans à qui l'on venait d'enlever, de façon cruelle, sa boussole et son pilier dans un monde cynique et sans pitié. Je sens en moi des choses que j'avais tant bien que mal essayé d'enfouir au fond de mon être depuis des années entières. Une montagne de tristesse remonte à la surface, mon cœur déchiré semble enfin s'exprimer, je sens le mal sortir de sa cage et traverser mes entrailles, me nouant douloureusement l'estomac, avant de me voir peiner à respirer. Sandra m'agrippe avec plus de poigne, ressentant que je suis sur le point de m'écrouler, mes jambes lâchant peu à peu prise sur le sol. Elle me parle continuellement à l'oreille, comme à l'enfant qui sommeille en moi, qui vit mal, qui souffre en silence et explore continuellement la vie en noir et blanc. « Ça va, aller, mon Lulu ! Ca va aller ! Je ne te lâche pas! Je ne t'ai jamais lâché ! » me répète-t-elle, d'un ton presque maternel, brisant le verre d'une agonie psychique que les mots ne peuvent décrire. Je ne vois plus rien, les larmes m'aveuglent totalement, je ne me contrôle plus, ne suis plus en maitrise de quoi que ce soit. Je suis livré à la mort comme la vie m'a laissé : debout, mais profondément blessé. Le gris et la mélancolie du bleu comme seules couleurs illustrant mon âme déconfite, en mal de tout, satisfaite en rien, dans une lutte de chaque instant face à son propre reflet désenchanté. Je réalise alors que mon corps vient de mourir, mais que mon âme, elle, s'est engouffrée dans le trépas depuis… Depuis plus de quinze ans.

« Ça va mieux ? » me demande-t-elle, alors que nous marchons à pas de bébés, décelant un air triste sur mon visage, m'affichant lourd et épuisé, comme rincé d'une fatigue d'une vie pouvant enfin lâcher son sac rempli de pierres. Je lui réponds en haussant les épaules, nonchalamment.

« Je sais que tu as beaucoup souffert, Lucien… Je le sais, car je t'ai vu. » commence-t-elle, avec un regard sincèrement compatissant. Je la laisse poursuivre.

« Je ne pensais pas que j'étais si importante à tes yeux, honnêtement. Ça m'a… surprise… » lâche-t-elle sobrement. « Oui, parce que je ne te l'ai jamais dit… » je réponds, sentant le sanglot revenir, mais n'ayant plus l'énergie ni la moindre larme en réserve.

« Je ne t'ai jamais dit à quel point je t'aimais, à quel point j'étais fier de toi, à quel point tu étais un modèle pour moi. » j'enchaine, comme si ces mots avaient attendu patiemment leur tour, espérant un jour pouvoir se libérer de ce cachot intérieur dans lequel je les avais condamnés.

« Je ne t'ai jamais dit merci… » dis-je, piteusement. Sandra m'écoute, sans dire un mot.

« Nous autres, on a grandi dans un environnement où il a fallu très vite se barricader, s'endurcir, et ne jamais montrer ses failles, ses névroses ni ses peurs, et ne jamais se poser de questions. » j'ajoute ensuite, une pointe de colère montant en moi.

« On s'habitue très vite à en baver, à devoir se battre à l'école, et se tuer la santé dans des boulots ingrats, mal payés, le tout sans jamais avoir son mot à dire, sans jamais avoir le moindre signe de reconnaissance, en se faisant, au contraire, jetés comme des malpropres lorsque l'on n'est plus utile à ceux qui nous exploitent et nous dirigent ! » je déroule, devant Sandra qui reste silencieuse et me regarde avec attention. « C'est comme ça, pour nous, on doit prendre des coups de tous les côtés, on doit les encaisser en serrant les dents, parce que c'est ainsi que les choses sont définies. Les rêves, le bonheur, la passion et la prospérité, ce sont pour les autres ! Pour nous, il ne reste que les miettes ! On est tellement habitués à en baver et à serrer les dents que l'on en oublie de sourire et de dire merci aux rares personnes qui nous donnent foi en la vie et en l'humanité, qui nous permettent de tenir bon dans ce combat acharné et perdu d'avance, à ceux qui nous donnent l'envie d'y croire et de nous lever encore un jour de plus… » je continue, comme délivrant mon âme d'un poids immense. Je sens une rage, emprise d'une douleur intense, traverser mon corps. L'énergie revient avec aplomb, et je sens que je pourrais fracasser n'importe quoi sur mon passage tant la hargne m'anime soudainement.

« Et tu vois, la vie est tellement injuste, tellement perverse, qu'en plus de nous empêcher de dire merci à ceux que l'on aime le plus au monde, elle se défoule gratuitement sur elles, leur fait vivre un calvaire, un supplice, pendant des semaines, des mois, et même des années, tout cela pour quoi ?! »,

haussant la voix et accentuant les gestes d'une colère noire,

« Tout ça pour les faire crever comme des chiens,
et nous laisser vivre dans ce monde impitoyable
sans elles ! Oui, la vie nous laisse seuls ! Démerdes-
toi, mon petit, mais surtout, montres bien à quel
point tu es heureux ! » je lâche sous une rage palpable, « NON, JE NE SUIS PAS HEUREUX ! » je
conclus en hurlant de toutes mes forces, de toutes
mes tripes, avant de laisser couler le peu de larmes
qu'il me reste. Sandra sent que j'en ai gros sur le
cœur, et me laisse faire mon plaidoyer pour les êtres
brisés. Pleurant à moitié, sortant quelques gros
mots peu élégants, serrant les poings, le visage empli de haine et de détresse, je me sens mis à nu, loin
du masque que j'ai tenté de porter en société, loin
de ces mensonges et de ce paraitre qui ne tenait
qu'à un fil avant de se déchirer. Je réalise alors que
pendant la moitié de ma vie, si ce n'est la majorité,
je me suis menti à moi-même, ai menti aux autres
autour de moi, mes amis, ma famille, à Sandra, et
bien sûr à ma femme, qui a, sans même que j'en ai
eu conscience, payé de mes névroses, de mon ai-
greur, et de mon mal-être que j'ai négligé pendant
toute mon existence. Ce mal m'a détruit, m'a em-
pêché de développer pleinement mon potentiel,
m'a fait échouer là où j'aurais dû exceller, m'a

mené dans des chemins périlleux et sans issus, et a esquinté mes relations familiales et personnelles… C'est en retrouvant Sandra, en n'étant désormais plus de « ce monde » que je réalise à quel point je suis triste, malheureux et noyé dans mes propres Enfers. Cette route lugubre n'est que peu de choses comparé à ce feu étouffant qui circule dans mon âme. Ma présence en ce lieu fait sens, tout à coup… Un silence s'installe. Sandra semble attendre que je retrouve mes esprits et mon calme. Je soupire, comme pour lâcher définitivement cette douleur hors de moi, hors de mon cœur. Une bonne fois pour toute. « Tu te souviens du fou rire que l'on avait eu le jour où mamie avait fait un véritable sketch au supermarché ?» demande soudainement Sandra, tout sourire, pendant que nous continuons notre marche, approchant de plus en plus la lumière et de ce qui s'apparente à la Grande Ville. Chez moi. « Si je m'en souviens ? » je réponds alors, retrouvant, soudain, un brin de gaité sur mon visage.

« Je la revois encore prendre son orange, et à peine frôlé le fruit du bout des doigts, voir déballer les bacs entiers sur ses pieds ! » j'enchaine, le sourire nostalgique aux lèvres.

« Sa réaction, aussi, tu te souviens ? » ajoute Sandra, complice, avant de l'imiter à la perfection, causant un rire généreux, partagé, au milieu de cette route des plus silencieuses.

« Et juste après, lorsqu'elle a demandé à la caissière si elle savait où étaient ses lunettes ! » je rebondis, riant à cœur joie, le visage désormais de nouveau coloré.

« Oui ! La caissière qui l'a regardé, l'air blasé, avant de lui répondre :

« elles sont sur votre tête, madame. », dit Sandra, dont le sourire angélique que je revois là m'avait tellement manqué… Nous continuons de rire contagieusement, revenant avec un plaisir palpable dans nos souvenirs d'enfance.

« Ah, c'est vrai qu'on rigolait bien, avec mamie…» dis-je alors, sourire nostalgique.

« Et tu te souviens de ces moments en Italie, lorsque nous sortions de la plage, après une bonne baignade dans cette mer rafraichissante, sous la chaleur méditerranéenne, et que nous allions manger les meilleures glaces du monde, ensemble, assis sur un banc, à regarder les Vespa qui passaient, à vivre l'instant présent, ce moment précieux qui nous était donné ? » dit Sandra, que je découvre pleine de sérénité, plus apaisée et légère qu'elle ne l'a jamais été.

« Oui, je me souviens. » je me contente de répondre, revivant ces instants de pur bonheur, où le temps s'arrêtait et où la vie, la véritable vie, se montrait sous des couleurs éclatantes, brillantes, malgré la simplicité, presque la banalité de l'évènement.

« Tu te sentais comment, dans ces moments-là ? » me demande-t-elle.

« Je… J'étais bien. J'étais heureux. » je réponds, timidement, regardant mes chaussures.

« Ce sont ces instants-là qui comptent, dans une vie. Ces instants-là qu'il faut prendre, qu'il faut accueillir, et vivre pleinement, et les garder avec soi comme un porte-bonheur, comme une photographie qui nous redonne du baume au cœur lorsque les nuages réapparaissent, parce que la vie, justement, c'est comme les nuages… Parfois, ils sont très sombres et menaçants, juste au-dessus de notre tête, on a l'impression que le déluge va nous traverser, que la pluie, que les torrents et l'obscurité vont tout terrasser sur leur passage. Puis, un peu plus tard, tu les verras s'éloigner et disparaitre de ton horizon, pour laisser de nouveau place à un soleil radieux. » raconte Sandra, qui me surprend au point que je peine, à certains instants, à la reconnaitre. Je ne sais que répondre. Je l'écoute attentivement, attendant la suite.

« Ca peut te paraitre un peu nunuche, dit comme ça. Les choses ne sont pas si simplistes, et c'est vrai. Mais lorsque tu prendras un peu de recul, tu comprendras. » ajoute-t-elle, sourire léger aux lèvres.

« Tout n'est que changement. Laisse les nuages passer. Laisse la tempête faire rage. Et garde en toi ce trésor, cette photographie du bonheur durant toutes ces épreuves, et accueille ensuite le soleil lorsqu'il revient à toi. Accueille-le et chérie-le, chaque fois que tu l'aperçois, que tu le ressens, car effectivement, il est furtif, vagabond, mais la vie est ainsi. La joie ne se vit qu'en de rares moments, elle est éphémère, mais la paix, elle, est comme un long fleuve tranquille. Elle s'installe silencieusement, dans la durée. Le fleuve aussi affronte les torrents de pluie et la sécheresse, mais il tient bon et continue son chemin, tranquillement, naturellement, tel qu'il est censé le faire. Car ainsi va la vie... » conclut-elle avec assurance, avec une aisance remarquable, et une sagesse que je ne lui connaissait pas. J'en reste bouche bée.

« Pourquoi me dire tout cela, maintenant que je suis mort ? » je finis par rétorquer.

« Parce que la vie ne s'arrête pas véritablement, du moins, pas comme on l'imagine, et parce que tu as, d'évidence, des maux dont tu dois te libérer avant de partir. » répond-t-elle, l'air grave. Entendant cette phrase, je réalise que je me sens d'ailleurs plus léger, comme enlevé d'un fardeau dont j'ignorais moi-même la mesure. Nous continuons de marcher, et apercevons l'entrée de la ville à quelques centaines de mètres de nous. Je me sens comme un enfant sur le point d'entrée dans un parc d'attraction. Les lumières illuminent les rues majestueusement, je reconnais, de loin, le petit commerce où j'aimais tant aller, je reconnais également la grande place où demain, au soleil levant, la vie reprendra son cours, où des mômes joueront devant leurs parents qui les observeront avec fierté, la fierté d'avoir donné la vie, d'avoir transmis, d'avoir créé un être qui, peut-être, un jour, permettra à d'autres de vivre une vie meilleure, ou tout simplement transmettra à son tour, à sa progéniture, ce don de soi, proche du divin. Je repense à mon épouse. A quel point j'aurais aimé qu'elle soit la mère de mon enfant. Ô combien j'ai toujours été persuadé qu'elle serait la seule et unique avec qui je voulais créer un foyer, une famille, *notre* famille… Je comprends alors qu'il me faut accepter désormais que ce rêve, comme tant d'autres, ne puisse voir le jour, et que je regarderai probablement cette femme, que j'ai tant aimé, sous une cape d'invisibilité, que je n'aurais plus l'occasion de lui dire ce que je n'ai plus dit depuis trop longtemps, à savoir que je l'aime et que je suis honoré d'avoir eu la chance de vivre dans ses bras alors que j'étais convaincu tout le long que je ne la méritais pas… Oui, en cet instant, je voudrais simplement lui dire que vivre à travers son amour aura été l'un des plus beaux cadeaux que cette vie m'aura offerte. Sauf que désormais, je suis mort. Aucun retour en arrière ne m'est possible. Si seulement…

« C'est dommage, pour ta femme. » sort soudainement Sandra, venu de nulle part, me demandant alors réellement si elle n'aurait pas développé le pouvoir de lire dans les pensées…

« C'est vrai, vous étiez bien, ensemble, à l'époque. C'est moi qui ai œuvré pour que vous vous rencontriez… » avoue-t-elle, un sourire en coin. Je la regarde, stupéfait.

« Pardon ?? » je lâche, ne pouvant cacher ma surprise.

« Oui, en fait, moi aussi, quand je suis morte, je me suis retrouvée dans cette transition carrément glauque. » commence-t-elle avec son phrasé que je reconnaitrais entre mille.

« J'ai vraiment eu la trouille. »,

« Sans blague ? » je sors, non sans ironie. Elle sourit.

« Et alors que j'étais en train de hurler, de pleurer de toutes mes forces, une femme de l'âge de nos parents est venue vers moi et m'a tirée de là. On est devenu super copines, par la suite ! » m'informe-t-elle, d'un ton enjoué. « Elle m'a littéralement sauvé, elle a été géniale. Rien ne l'y obligeait, je ne la connaissais pas, mais elle m'a dit que je lui rappelais sa nièce. » continue-t-elle, sous mon attention totale. « Et… En fait… Sa nièce, c'était Alicia. Ta femme. » termine-t-elle lentement, comme pour atténuer la claque que je me prends à l'instant. Alicia, mon épouse, avait perdu sa tante dix ans avant notre rencontre, et je me souviens à quel point elle était attachée à cette femme, qui l'avait élevée durant la majeure partie de son enfance, et qui lui avait transmis plus d'affections et de force de caractère que n'importe qui d'autre dans sa famille. « Quand on a constaté comment Alicia et toi, de manières différentes, étiez au bord du gouffre… On a décidé de faire équipe et de faire tout notre possible afin que vous vous rencontriez. » me dit-elle, fièrement.

« Par contre… Vous ne nous avez pas rendu la tâche facile ! » s'exclame-t-elle, l'air accusateur. Je regarde de nouveau mes chaussures, coupable.

« Mais on y est finalement arrivé, et ce jour-là, c'était juste magique ! » lâche-t-elle avec un visage ensoleillé des plus touchants. « On vous a regardé, avec Samantha – sa tante-, on était là, juste à côté de vous ! » me dit-elle comme si tout était normal…

« On s'est mise à pleurer de bonheur, on s'est enlacées, c'était incroyable ! » raconte-t-elle avec une joie immense, semblant revivre la scène.

« On s'est dit qu'à partir de maintenant, vous alliez vous remettre sur les rails et être enfin heureux… » dit-elle avant de s'interrompre, faisant grise mine.

« Mais… Ça n'a pas marché. »

Je me souviens de ce jour comme si c'était hier. Je venais de vivre une énième désillusion, un énième échec, plutôt injuste pour le coup, ayant vu passer devant mes yeux un poste qui me faisait rêver et pour lequel j'étais taillé sur mesure, un poste au sein d'une maison d'édition, soit disant parce que « sur le papier, un autre candidat était plus intéressant »… On juge les gens sur le papier, désormais. J'avais pourtant fait montre de mes qualités, lors de la journée d'essai-bénévole- que le patron avait bien voulu m'accorder. Mais rien n'y a fait. Le papier, c'est le papier. La mine défaite, le moral en berne, la grisaille devant les yeux, je m'étais rendu à la dédicace de Laurent Gounelle, un de mes auteurs préférés, dans une superbe librairie de la Grande Ville, loin de chez moi à l'époque, cette ville qui paraissait à mille lieux de ce que je pouvais bien me permettre, moi qui n'y séjournait que pour goûter dans de brefs instants à une vie qui ne m'était pas autorisée, celle des livres, de la musique, du théâtre, du dynamisme et de ces gens qui vivent mieux et ont le luxe de pouvoir se poser des questions. J'attendais mon tour, au milieu de cette immense file d'attente, lorsqu'en entrant devant le stand de l'auteur en question, je vis Alicia, portant un livre contre sa poitrine, comme elle porterait son précieux, affichant un immense sourire, une joie presque enfantine, lorsque l'auteur lui adressa la parole et accepta de signer son exemplaire. Elle était d'une beauté atypique, d'un charme saisissant, que ce soit à travers ses cheveux bruns, longs, légèrement bouclés et soyeux, qui longeaient ses épaules, sa robe à fleurs qui n'était visiblement pas de son âge mais qui, selon moi, lui allait à merveille et lui apportait un raffinement et une féminité sans égal. Ses quelques rondeurs ne me semblaient pas ingrates, ses formes généreuses étaient au contraire plutôt désirables, et surtout ce qu'elle dégageait sentait la bienveillance, la simplicité, et la luminosité authentique, claire comme de l'eau de roche. Je la voyais rire aux mots de l'auteur, et, attendant à quelques mètres de là, je me sentais désormais plus attiré par cette jeune femme qui m'était inconnue que par cet écrivain qui m'inspirait tant… Une fois son livre signé et quelques gentillesses échangées, je la vis se retourner vers moi, dans la file d'attente, et c'est alors que nos regards se croisèrent pour la première fois. Un regard que je n'oublierai jamais. Nous nous sommes fixés pendant une dizaine de secondes qui ont semblé se poser hors du temps, elle m'a souri, et à partir de ce moment, j'ai ressenti une adrénaline, une sensation étrange en moi qui me disait qu'il ne fallait surtout pas que je la laisse partir ainsi. Tant pis pour l'auteur, je le reverrais probablement une autre fois… Mais cette femme, c'était maintenant ou jamais. Je suis alors sorti de la file d'attente, ai tenté de la rattraper à la sortie de la librairie, suis arrivé à son niveau, ai sorti de mon tiroir une phrase d'accroche complètement niaise et pathétique. Bizarrement, ma prestation ridicule la fit rire aux éclats, ce qui me surprit, car ce n'était ni un rire moqueur ni méprisant. Nous avons très vite sympathisé, et j'en ai profité pour lui proposer de nous revoir le lendemain, après ses cours de droit – pendant que moi, j'étais au chômage-, dans un café non loin de là. Elle accepta. Elle me salua avec un regard d'une tendresse, d'une douceur inédite, et un sourire qui respirait la jovialité, qui accueillait la vie, le monde, les gens comme ils étaient, sans jugement de valeur. Elle partit en faisant une petite vanne sur mon approche plutôt laborieuse, riant de manière décomplexée, me regardant de ses yeux noisettes séducteurs absolument irrésistibles. A cet instant, je savais. J'en étais absolument certain. *Elle était la femme de ma vie.*

« Regarde ! C'est chez toi, là ! » s'exclame Sandra, pointant du doigt l'immeuble où se situe mon appartement, dans l'angle d'une rue commerçante où cohabitent restaurants et boutiques en tous genres. Une grande joie et un profond soulagement m'envahissent tout à coup, je ne peux m'empêcher d'afficher un sourire jusqu'aux oreilles, prenant Sandra par le cou, comme pour fêter cette victoire collective, comme au bon vieux temps. La rue est déserte, à cette heure, mais je reconnais tout. L'air est doux, les rues sont illuminées d'une ambiance légèrement feutrée… La route aura été longue et pénible, mais quelle satisfaction d'être enfin arrivé à destination! J'ai la sensation d'avoir terminé un véritable marathon émotionnel, où je me serais vu subir une peur monumentale et totalement singulière, puis une joie inespérée de retrouver un des êtres qui m'est le plus cher, m'ayant au passage vidé de ces maux qui sévissaient dans mon âme de façon virulente depuis bien trop longtemps, pour enfin retrouver une paix, une sagesse d'esprit pour le moins surprenante, et des réponses à des questions existentielles restées depuis lors toujours en suspens. Peu de temps s'est écoulé, finalement, depuis ce malaise dans ma voiture, pourtant, je ne suis déjà plus le même homme. J'ai de plus en plus la sensation d'avoir laissé un énorme boulet sur cette route obscure, ce boulet que je trainais aux pieds une vie durant, et qui désormais n'a plus d'emprise sur moi. C'est triste à dire, mais c'est depuis que je suis mort que je me sens le plus en vie... Etrange constat, mais après tout, comme dit Sandra, est-ce que la vie s'arrête vraiment là où nous l'attendons ? Quel est cet endroit intriguant où elle souhaite m'emmener ? De nouvelles interrogations fusent alors dans mon esprit curieux. Mais l'heure n'est pas à se poser des questions. Il est temps de retrouver Alicia. Il est temps de lui dire ce qui me pèse sur le cœur, de me libérer de cette terrible culpabilité de ne pas avoir pu apporter le bonheur que cette femme aurait mérité. De ne pas avoir été pour elle l'homme que je suis, enfoui sous mes démons et ce volcan déchainé consumant mon âme un peu plus chaque jour. Il est temps pour moi d'assumer mes responsabilités, et de dire un dernier A Dieu à la femme que j'aurais tant aimée...

Sandra et moi nous tenons face à la porte d'entrée, en bas de l'immeuble, et attendons. Attendons le bon moment, sans doute. Attendons que le courage nous vienne, du moins… ME vienne. Sandra me regarde avec attention, comme essayant de percevoir le signe exprimant que je suis enfin prêt.

« On y va ? » me demande-t-elle, s'impatientant.

« On y va. »

« Prends mes mains. » m'ordonne Sandra, me les tendant avec un sourire en coin. Je m'exécute, sans comprendre où elle veut en venir. « Ferme les yeux et tiens bien mes mains, surtout. » continue-t-elle. Je ferme les yeux, et m'accroche aussi fermement que je le peux. En une fraction de seconde, je me sens partir, comme un coup de vent, m'envoler furtivement sans bouger le petit doigt. Je rouvre les yeux.

« Nom de Dieu !! » je lâche spontanément, totalement décontenancé.

« Eh ouais ! C'est pas mal, hein ? » répond Sandra, l'air satisfaite. Nous sommes au milieu de ma chambre, chez moi, juste en face du lit où repose Alicia, dormant tel un ange sur son nuage. Je reste figé, totalement incrédule. « C'est incroyable ! » je continue, observant la bibliothèque à ma gauche, où je reconnais ma collection d'Emile Zola, ainsi que tous les livres de ma femme, sur l'étagère du milieu, au-dessus du bureau où se juxtaposent de nombreux dossiers sur lesquels Alicia prend l'habitude de travailler, comme la juriste qu'elle est depuis que je la connais ; le tout longeant une photo nostalgique d'elle et moi, le jour de notre mariage, sourires resplendissants, des regards amoureux, fêtant notre nouvelle vie qui nous semblait pleine de promesses. A droite, de l'autre côté du lit, se trouve une grande buanderie d'un noir cuivré, au milieu de laquelle un miroir reflète l'ensemble de la pièce. A travers ce miroir, je vois Alicia, seule dans cette chambre… Sandra remarque ma mine tombante face à cette vision, et pose alors sa main tendrement sur mon épaule, comme pour me dire « je sais, frangin… Je sais ce que ça fait. » Je repense alors à ce tour de magie que Sandra vient de faire, puis à cette marche interminable sur la route maléfique que nous avons endurée…

« Dis, Sandra, tu n'aurais pas pu le faire avant ? » je lui demande, suspect.

« Faire quoi ? Ah ! La téléportation ? » répond-t-elle naturellement, comme si cela était des plus banals. « Oui, voilà… *La téléportation.* » je répète, la fixant d'un air quelque peu rancunier.

« J'ai toujours été plutôt taquine, tu le sais bien. » dit-elle avec un sourire narquois, « Et puis… Je pense que tu en avais besoin, de cette marche, tu ne crois pas ? » ajoute-t-elle, d'un regard profond. Je hoche la tête en signe approbateur et pose de nouveau les yeux sur Alicia.

« Qu'est-ce qu'elle est belle… » dis-je en la regardant se laisser porter au pays des rêves. L'observer ainsi me donne le sentiment de la rencontrer de nouveau pour la première fois. Je me rends compte également que bien que je sois aux pieds de son lit, désormais, un monde nous sépare. Un mur invisible, infranchissable. Cette sensation me file le cafard instantanément…

« Tu veux lui dire quelque chose ? » demande alors Sandra.

« Tu penses que je peux ? » je l'interroge, attendant sa validation.

« Oui, tu peux, mais… » commence-t-elle pendant que je contourne le lit sans attendre la suite, avance vers Alicia, me mets à genoux devant sa table de chevet, où se trouve un roman policier, et une autre photo de nous, nous régalant comme jamais, dans un restaurant de Tokyo, lors de notre voyage au Japon.

« Alicia ! » dis-je, chuchotant à une vingtaine de centimètres d'elle. Aucune réaction.

« Alicia ! » je répète. Toujours rien. Elle dort d'un sommeil de plomb.

« Alicia, c'est moi ! C'est Lucien ! Je suis avec Sandra ! Tu te souviens de Sandra ? Ma grande sœur, dont je te parlais tout le temps ! Eh bien elle est là, avec moi ! » j'enchaine avec un enthousiasme juvénile, les yeux humides. Pour le moment, je semble parler dans le néant. Ses paupières restent closes.

« Alicia ? » je commence à m'inquiéter. « Tu m'entends, mon amour ? C'est moi, Lucien ! » je continue, désespéré. Rien. Pas le moindre mouvement.

« Elle ne t'entends pas. » finit par interrompre Sandra, assistant à la scène, l'air sérieuse. Je me tourne vers elle, désemparé, puis reviens sur ma femme, comme attendant un miracle.

« Comment je peux lui parler si elle ne m'entend pas ?! » je lâche, la voix tremblante, pris entre frustration et colère soudaine.

« Tu dois trouver un autre moyen de communiquer avec elle. » répond-t-elle alors.

« Mais comment ?? »

« Je ne sais pas… Autour de toi, il y a des livres, des feuilles, des stylos, des photos, un miroir… » décrit-elle, comme voulant m'envoyer un message. « A toi de voir. » conclut-elle. Je la regarde avec de grands yeux, comme ayant reçu la divination. Je cours précipitamment vers le bureau, tente de fouiller dans les affaires qui y sont déposées, mais je découvre avec stupeur que mes mains traverses les livres sans même les toucher, sans même les effleurer. Dépité, je regarde Sandra, comme attendant une réponse devant une nouvelle réalité qui m'échappe éperdument.

« Nous ne sommes plus constitués de matière, Lucien. » commence Sandra, d'un air professoral,

« Nous devons toucher autrement, maintenant. » continue-t-elle.

« Je ne savais pas que c'était si compliqué, la mort!» je réplique, non sans sarcasme.

« Oh, on s'y fait, à la longue… » répond-t-elle, haussant les épaules. « On perd des sens et des capacités, tout en en gagnant d'autres bien plus puissants. C'est comme la vie. C'est un compromis. » dit-elle, pendant que je m'avance vers la bibliothèque, observant les livres qui y sont disposés.

« Tiens ! Ca y est ! » je lâche frénétiquement.

« Qu'est-ce que c'est ? » demande Sandra, visiblement curieuse. Je me tiens face à la bibliothèque et montre du doigt la bordure d'un livre en particulier.

« C'est Le Philosophe Qui n'était Pas Sage, de Laurent Gounelle ! » je l'informe, tout sourire.

« C'est le livre qu'elle avait dans ses mains la première fois que nos regards se sont croisés. » j'ajoute, d'un air mélancolique. « Tu penses qu'elle s'en souvient ? » je demande alors.

« Evidemment ! » rétorque-t-elle sans hésiter,

« une femme se souvient toujours de ce genre de choses ! » dit-elle, levant le menton, sourire fier. Je souris à mon tour, et tente d'attraper le livre à distance, ouvrant grand mes mains, les dressant au niveau de mon visage, les yeux rivés sur ce livre, posant toute ma concentration sur cet objectif plus qu'incertain, pendant que l'ouvrage ne bouge pas d'un centimètre de cette bibliothèque. Je reste ainsi pendant quelques dizaines de secondes, ridiculement sérieux et d'une concentration absolue, pendant que Sandra m'observe, levant les yeux au ciel. Dans la seconde, elle jette un regard sur le livre, le propulse soudainement hors de son étagère, le fait léviter légèrement au-dessus de moi, et le dirige vers le lit à la vitesse de la lumière. Une feuille en tombe et se pose sur le plancher. Le livre, lui, s'allonge brusquement aux pieds du lit, sous les yeux denses et électriques de Sandra, ne bougeant pas d'un mètre, restant là, les bras croisés. Je la regarde avec de grands yeux, la mâchoire que je peine à fermer, complètement ébahie par ce à quoi je viens d'assister.

« Tu en as d'autres, encore, des comme ça ? » je lui demande alors, impressionné.

« Oh, ce n'est pas grand-chose… » me répond-t-elle d'un geste de la main, jouant la fausse modestie. J'observe ce papier se trouvant par terre, à mes pieds. Je tente de le prendre en main, puis me ravise, connaissant maintenant la nouvelle règle…

« Comment fais-tu, pour ouvrir une feuille, et déplacer un objet ? » je demande à Sandra, en bon élève particulièrement volontaire.

« Tu dois te relier pleinement à cet objet. » commence-t-elle, vaguement.

« Tu peux être plus précise ? »

« Tu dois faire le vide en toi, ne laisser aucune pensée parasiter ton esprit, tu dois être pleinement connecté avec ta conscience. » décrit-elle. « Une fois que c'est le cas, que l'objet et toi ne font qu'un, que ton esprit est pleinement connecté, tu dois faire montre d'une volonté et d'une force suffisamment puissante pour pouvoir guider l'objet. » ajoute-t-elle, sous mon expression perplexe. Je regarde ce papier, sans répondre, me posant encore une multitude de questions, comme à mon habitude.

« Essai, Lucien. Essai, tu verras par toi-même. » me devance-t-elle. Je me positionne alors, fixant cette feuille pliée posée à même le sol, et tente de faire le vide. Je balaie toutes les pensées, les questions, tout est envoyé au placard pour ne laisser qu'un élément, cette feuille dont j'ignore le contenu, mais dont je présume l'importance, étant donné l'endroit où elle était cachée. Je continue de faire le vide, me concentre sur ma respiration, j'inspire profondément, expire longuement. Sandra m'observe toujours mais ne dit plus rien, et plus

113

j'avance dans cette étape, moins je sens sa présence. Tout ce qui est extérieur disparait peu à peu de mon esprit. Mon champ de vision rétrécit, mes sensations évoluent. Je réalise alors que je n'ai plus de corps, n'ayant plus aucune sensibilité ni dans mes bras, mes jambes, encore moins dans ma poitrine. Je ne suis qu'une âme circulant sans contrainte. Ma concentration est telle que seul ce papier existe alors à mes yeux, il n'y a que lui et moi là, tout de suite, maintenant. Je continue de fixer cette feuille lorsqu'un bout de la corne en haut à gauche se met à trembler doucement. Pris d'une adrénaline folle, je puise toute mon énergie, la contient dans mes mains non sans mal, les place face à la feuille et, observant les bords continuer de trembler de plus en plus vivement, décide d'y envoyer toute cette force, cette électricité que je ressens en moi, cette volonté resplendissante que, de mon vivant, je ne soupçonnais guère… L'énergie est telle que je m'en sors presque porté, et c'est alors que j'aperçois cette feuille se lever, lentement, et se dresser sous mes mains, suspendue dans les airs. J'en reste pantois. « Oui ! C'est super, Lucien ! Bravo ! Bravo! » lâche Sandra, m'applaudissant en m'affichant un immense sourire heureux. Je n'ose pas la regarder de peur de refaire chuter cette feuille qui est désormais ouverte, et à moins de trente centimètres de mon visage. Gardant mes mains en alerte, continuant de diffuser cette énergie incroyable que je sens circuler dans mon âme, je me laisse à lire le contenu de cette feuille. Je le reconnais instantanément.

« Je sais ce que c'est ! » je m'exclame joyeusement.

« Ah oui ? Et c'est quoi ? » demande Sandra, intriguée.

« C'est le premier poème que j'ai écrit à mon épouse, aux tout débuts de notre relation ! Elle l'a gardée dans ce livre, depuis toutes ces années ! C'est fou ! » je m'exalte avec un large sourire.

« Parce qu'elle t'aimait, Lucien. » répond alors Sandra, le regard sans équivoque. Entendant cette phrase pendant que je lis les premières lignes, ma gorge se noue, mes yeux s'humidifient…

« Je veux être ce vent doux bordant tes rêves pour que plus jamais tu n'aies peur de la nuit ; je veux être cet espoir te portant d'un seul geste aux plus hauts des sommets de la vie ; Je veux être à tes yeux sublimant tout ton être infini, le soldat, le poète et l'ami. »

« Et moi, alors, je compte pour du beurre ? » s'agace Sandra, impatiente d'entendre ce poème. Je la regarde les yeux brillants, puis récite ces vers avec rythme et mélodie.

« C'est joli ! » se contente de commenter Sandra, le visage empli de gaieté.

« J'avais lu Romances Sans Paroles de Paul Verlaine juste avant, essayant ne serait-ce que de lui arriver à l'orteille. » dis-je, l'air nostalgique.

« Tu as toujours été doué pour l'écriture, Lucien. Tu aurais dû persévérer… » répond Sandra,

« Attends, attends ! Ce n'est pas fini ! » je la coupe, pour ne pas avoir à digérer ce constat amer qu'elle vient de me balancer… « *Si un jour la Mort commet l'irréversible et vient à nous séparer ; Je veux être cette âme libre te guidant tel l'ange et sa bien-aimée ; Je prendrai ta main d'une main invisible pour que danse notre amour à l'éternité.* » Un silence pesant s'installe alors. Les sourires tombent peu à peu. Le papier s'effondre de nouveau sur le sol, ne possédant plus l'énergie de le porter. Cette strophe prend un sens cruel maintenant que je suis de l'autre côté. La mort ne nous a pas séparés. La vie a fait son chemin et a creusé un tunnel de non-dits et de déceptions face aux attentes qui étaient les nôtres, puis la mort a révélé ô combien, au contraire, nous étions reliés. Après tout, il n'est jamais trop tard pour danser l'amour, et espérer…

« Tu veux l'ajouter aux pieds du lit ? » demande posément Sandra. Je hoche la tête, la mine grave et mélancolique. Elle pose ses yeux sur ce papier, et c'est alors que je le vois se lever et traverser la pièce en un éclair, se poser sur le lit, tendrement sur la couverture du livre de Laurent Gounelle, à la gauche de mon épouse, à ses pieds. Je me redresse alors et m'avance vers Sandra, contemplant cette Belle aux bois dormants que j'ai eu l'honneur d'épouser. Je me tourne vers le bureau, admire la photo de notre mariage, souris aux souvenirs qui me reviennent aussitôt, quand la photo se met à trembler à son tour, se lever tout à coup, se dresser en apesanteur au-dessus du bureau, avant de voltiger et s'ajouter aux pieds du lit, à la droite du livre et du poème, où nos sourires de jeunes mariés des plus comblés viennent fleurir cette triste poésie du cœur brisé. Je regarde alors Sandra, comme pour la prendre sur le fait, pendant qu'elle me jette un œil furtif et un sourire de chipie me rappelant nos jeunes années. La souffrance et la maladie n'ont définitivement pas eu raison de sa bonté et de sa force de vie, ce qui m'anime d'un véritable réconfort, d'un immense soulagement. Comme si, petit à petit, ma rengaine et ma colère envers cette vie sur Terre s'évaporait et quittait mon âme meurtrie pour n'y laisser que la paix et des couleurs scintillantes. Nous nous tenons là, elle et moi, aux pieds du lit, face à ce miroir qui ne nous voit pas, et profitons de cet instant paisible dont, je le sais maintenant, sera mon dernier ici-bas. Au revoir, mon amour, au revoir cet appartement où nos souvenirs y dormiront pour toujours. Au revoir nos rires qui chantaient la vie, qui vivaient d'espoirs, qui symbolisaient cette symphonie que d'exister sous ton regard. Au revoir mes rêves, mes illusions perdues, je pars en n'ayant rien pu transmettre, laissant la vie matérielle gâcher cette flamme qui ne brûlera jamais plus. Mais bienvenue le renouveau, la lumière d'un endroit mystérieux, là où les âmes légères flottent et traversent le chemin des cieux . Bienvenue l'être cher que j'ai tant espéré et qui m'emmènera là où prospère la vérité. Bienvenue au nouveau moi, dont l'énergie remplacera ce corps que j'abandonne une dernière fois, pour aujourd'hui circuler sans douleur, sans remord ni combat, d'un vol d'oiseau vers le Palais des Anges et des Soldats. Au revoir mon amour, nous nous verrons sous un autre jour, nous fêterons notre histoire, nos poèmes dans une immense cour, nous rirons de nos peurs, de nos chagrins que les violons rendront sourds, pour que danse à l'éternité la force de notre amour. Au revoir mon amie… Je t'aimais en cette vie, je te protégerai du malheur, de la souffrance, mais aussi de l'oubli. Lorsque tu lèveras les yeux au ciel, tu me verras, car en chaque instant de ta vie, je serai là, te saluant d'une main invisible, te mimant un mot tendre que tu recevras. Lorsque tu fermeras les yeux, tu m'entendras, car je borderais tes rêves, et d'une voix précieuse je te porterai jusqu'à moi, t'envolant sur un papier de roses et de lilas . Au revoir, mon amour… Bientôt, le ciel nous retrouvera et nous unira pour toujours.

LA CHUTE

III

Alain Duchesne était ce que l'on appelait un golden boy. Entrant dans le début de la cinquantaine l'air rudement bien conservé, grand, cheveux poivre et sel, un visage d'acteur de cinéma, sourire façon OSS 117, toujours vêtu d'un costume sur-mesure impeccable ; il était la figure du succès, de celui à qui l'on voulait ressembler. Fils d'un architecte et d'une scientifique renommée, il mènera de brillantes études sortant diplômé d'écoles prestigieuses et élitistes, entamera une carrière dans le privé en tant que cadre supérieur d'une multinationale où il fera remarquer ses talents, se faisant rapidement une réputation de véritable crack, avant de se lancer finalement en politique, gravant les échelons à vitesse grand V, puis de fonder son parti et de réussir l'exploit d'être élu Président de la République en une fulgurance déconcertante. Bien sûr, il n'avait pas réussi à monter cet Everest sur ses seuls beaux yeux, il était surtout d'une intelligence admirable, avait le sens aigu de l'adaptation, était un stratège hors pair, et savait fédérer avec une facilité ahurissante. Les médias, voyant que sa simple présence attirait les foules, avaient fait de lui leur poule aux œufs d'or, et d'évidence, Alain voyait cela d'un bon œil. Il avait tout pour plaire, tant dans son image, qu'il maitrisait d'une main de maitre, que dans sa politique, sans réelles convictions, se contentant d'aller dans le sens du vent, de promettre le meilleur des mondes tout en remplissant l'appétit vorace du grand capital et de ceux qui le détenaient, pour mieux affaiblir d'une mort lente et douloureuse le bas peuple pour qui il avait, autant l'avouer d'office, le plus grand mépris imaginable. Ce qu'il aimait par-dessus tout, c'était ce culte de la start-up nation, de ces jeunes morts de faim qui se battaient comme des loups pour avoir une montre plus grosse que celle du voisin. Le PIB, le libre-échange, l'économie de marché… Telle était sa Bible. Il ne vivait que pour cela, au fond. Alain était un loup, et il se levait chaque matin dans l'esprit d'un boxeur sur le point d'affronter son nouvel adversaire, où seule la victoire comptait, seule la victoire l'exaltait, seule la victoire l'émoustillait, le faisait vibrer de tout son être. Il était prêt à tout pour ressentir cette endorphine absolument addictive, qui obsédait ses jours autant que ses nuits, en chaque heure de son temps. Il était prêt à tout pour cela, et ce… Quoiqu'il en coûte.

Il marchait à travers les couloirs de son palais présidentiel la démarche lente, le menton haut, le sourire d'un premier de la classe vissé aux lèvres, le regard vivant et observateur, pendant que des conseillers et responsables de l'administration se courbaient lorsque leurs chemins croisaient le sien. Il traversait ce long couloir au sol marbré, ces œuvres d'art du XVe et XVIe siècle couvrant ces murs chargés d'histoires, qui ont vu les grandes hommes de ce pays faire leurs cent pas en ces lieux mythiques. Alain Duchesne jouissait de sa stature et du pouvoir qui en découlait. Rien ne l'en effrayait. Pas même le ressentiment d'un peuple qui, bien qu'ayant voté majoritairement pour lui, faisait montre d'une défiance sans égale. Depuis plusieurs mois, ses réformes faisaient gronder une colère de plus en plus sourde qui se propageait à travers le pays. C'était à ce motif que son principal conseiller le convoquait en réunion d'urgence au bureau du palais. Quand tous les ministres et associés montraient une expression grave, un air tendu ; Alain, lui, affichait une décontraction à son image. Dans son esprit, il était le Roi, et rien ne pouvait atteindre un Roi dans son royaume. Il suffirait de donner quelques croutons de pain en plus à cette populace et le problème serait réglé. Après ce qu'il avait ré-alisé, tous ces défis colossaux qu'il avait surclassés, il lui en fallait davantage pour lui causer soucis. Oui, mais cette fois… L'heure était grave.

« Monsieur le Président, les nouvelles ne sont pas bonnes… » commença Patrice Blanchard, brillant énarque, mais très peureux sur les bords, devenu conseiller principal d'Alain Duchesne depuis son élection. « Vous m'en direz tant ! Qu'y a-t-il de si important, Blanchard ? » répondit Alain, sourire goguenard. « Votre réforme sur le code du travail… Elle ne passe pas. Vraiment pas. Le peuple… » commença Blanchard, le visage inquiet, rapide-ment coupé par le Président ;

« Oui, eh bien le peuple, il n'est jamais content ! Quoi que je décide, il trouvera à redire ! C'est tou-jours comme ça, avec les français ! Il va falloir s'y faire, Blanchard, ou vous ne tiendrez pas très long-temps!» enchaina-t-il, adressant un message qui causa une sueur froide au conseiller.

« Monsieur le Président… Des révoltes sont sur le point d'avoir lieu dans la Grande Ville. Selon nos informations, elles vont être d'une ampleur sans précédent. »

« C'est cela qui est censé m'inquiéter ? » répondit le Président, haussant les épaules d'un rire hautain. Le conseiller ne broncha pas un mot.

« Mettez les services de police et de gendarmerie aux aguets, parlez aux préfets pour qu'ils prévoient un nombre d'hommes et de matériel conséquent, dites aux services numériques de traquer les manifestants que l'on a déjà identifié, et ensuite… Sortez les popcorns ! » balança Duchesne, gardant son sourire prétentieux et lançant un clin d'œil complice à la ministre de l'Egalité Hommes/Femmes, Sophie Armand, envers qui le Président tentait de cacher, non sans mal, une certaine attirance, pendant qu'elle lui répondait par un sourire de politesse. Il reprit ensuite sa veste de costume en main, et quitta le bureau en quelques secondes, sous le silence médusé régnant autour de l' immense table ronde, au milieu de cette pièce intimidante et des plus solennelles. Oui, Alain Duchesne préférait en rire, mais au fond, il détestait que l'on le dérange pour des histoires pareilles. C'est qu'il avait mieux à faire… Il était Président, tout de même ! Il n'était pas venu pour jouer au professeur d'école tapant sur les doigts des élèves dissipés. Non, Duchesne avait d'autres objectifs en tête. D'autres ambitions. D'autres intérêts, également… Et rien ne pouvait se mettre en travers de sa destinée.

« Cette loi est un scandale ! » hurla Paul Griffon, président du *Parti Anticonformiste*, un homme plutôt charismatique et bien portant, connu pour être particulièrement impulsif, très à gauche, et vouant une haine viscérale envers le Président ; exprimant sa colère au micro de l'un des médias d'actualités en direct les plus suivis du pays, au milieu de manifestants et de syndicalistes arborant drapeaux et pancartes vindicatives, dans le quartier des finances de la Grande Ville.

« Monsieur Duchesne a pour objectif de pénaliser encore davantage les travailleurs au SMIC en fragilisant leur protection sociale et salariale ! » continua-t-il, visiblement remonté, comme à son habitude.

« Il est dans sa trajectoire habituelle, celle d'un nanti au service du capitalisme prêt à tout et surtout, à n'importe quoi, pour nourrir ce système nauséabond qui vise à enrichir toujours plus les riches et appauvrir toujours plus les pauvres ! C'est une honte ! Alors nous, nous sommes là pour protester, pour montrer que nous ne céderont pas à ces injustices qui tuent le peuple, qui précarisent nos emplois, comme s'ils ne l'étaient déjà pas suffisamment, qui créer toujours plus d'inégalités, et tout simplement pour dire au Président que cette fois, il y en a marre! Ça suffit ! » lâcha-t-il, haussant de plus en plus la voix. « Avez-vous un message à adresser aux français qui nous écoutent ? » demanda alors la journaliste, « Ce que je veux dire aux français est qu'ils doivent résister ! Ne restez pas les bras croisés, battez-vous ! Unissez-vous, venez dans les rues, et ensemble, faisons face à cette machine de destruction impitoyable ! » répondit-il, habité par son discours. Alain riait seul devant son poste de télévision, assis sur un immense canapé de velours bleu marine d'un confort exquis, duquel il était difficile de souhaiter s'en lever une fois installé. Il écoutait ce Griffon, l'un de ses principaux opposants, qu'il connaissait comme sa poche et qui l'amusait tant.

« On va voir si il fera toujours son révolutionnaire quand je le croiserai dans les couloirs, lundi matin!» se dit-il, l'air moqueur. « Robespierre n'a qu'à bien se tenir ! » lâcha-t-il, se faisant rire lui-même.

« Tiens, voilà son acolyte, maintenant ! » enchaina-t-il, s'esclaffant davantage.

« Je trouve que Monsieur Duchesne a tort de ne pas écouter les français, » commença à son tour Solveig Lennart, présidente du parti *Un Peuple Une Nation*, petite femme aux yeux noirs, plutôt élégante et agréable à regarder, incarnant avec douceur une politique nationaliste et plutôt populiste.

« Lorsque l'on a plus de trois millions de chômeurs et six millions de pauvres dans son pays, autant de pères et de mères de familles ayant de terribles difficultés à boucler leurs fins de mois ; je trouve que jouer avec le feu de cette façon est irresponsable, voilà » déblatéra-t-elle, gardant son joli sourire de façade, en accentuant bien le mot « irresponsable » pour en marquer la force de l'attaque,

« Je pense que la France mérite mieux, que les français méritent mieux, et qu'il serait plus judicieux pour monsieur Duchesne de prendre en compte la réalité du terrain, et des souffrances que vivent les gens au quotidien, notamment dans nos campagnes, là où se trouve la *véritable* pauvreté. » conclut-elle, avant d'entrer dans son Q.G entourée de ses fidèles conseillers.

« Ah ils font bien la paire, ces deux-là ! » pouffa de rire Alain, comme profitant d'un sketch humoristique hilarant. « Merci, Solveig ! On se revoit aux prochaines élections, ou plutôt à ta prochaine défaite !» lâcha-t-il avant de zapper, l'air guilleret. Pour lui, tout n'était qu'un jeu. La politique, les débats, les élections… Tout cela n'était, au fond, pas si sérieux. Il y avait toujours un gagnant et un perdant. Lui avait l'habitude de rafler les Premiers Prix, ce n'était pas pour autant qu'il fallait l'accuser de tous les maux… Quelle bande de jaloux ! Ces

129

« opposants » étaient, aux yeux d'Alain, rien de plus qu'une mauvaise blague. Des gens qui râlaient et se pourvoyaient de causes qu'ils ne représentaient en rien, pas plus que lui, et qui s'en servaient pour profiter de la bonne gamelle, du bon fauteuil si confortable de l'Assemblée. Ils n'avaient aucune chance de gagner, tout cela n'était que du vent. Un jeu. Un jeu auquel le peuple se devait de croire et d'y participer, le manipulant grossièrement, l'infantilisant de façon humiliante, le privant de libre-arbitre et de sens critique, ayant fait de lui un simple producteur/consommateur sans véritable conscience, tout cela dans le seul et unique but de sortir toujours gagnant de cette farce démocratique dans lequel le peuple était le dindon, parce qu'il y avait à ce jeu-là un tel jackpot à en tirer que cela ne pouvait glisser des doigts à ceux qui en tenaient les ficelles. L'enjeu était trop beau. Alain le savait mieux que quiconque. Dans son esprit, s'il avait été choisi par l'élite, c'était parce qu'il était le meilleur. Et donc le meilleur se devait d'être à la meilleure place. Les seconds s'asseyaient autour, et les autres se contentaient des os et des miettes que l'on voulait bien leur jeter. Alain aimait ce jeu plus que tout au monde.

Les nuits qui suivirent, il dormait sur ses deux oreilles. Accompagné de Marie-Jeanne, jeune femme de trente ans à peine, d'une beauté époustouflante, d'un charme et d'une finesse exquise, il rêvassait, porté par le doux silence du jardin du palais, entretenu d'une main experte, afin de ravir en chaque occasion les prestigieux invités qui y séjournaient. Dans ce palais, on n'entendait que les colombes et les hiboux chanter, au milieu de ces rangées d'arbres longeant l'allée principale de l'entrée, un terrain cailleux, avant de se laisser prendre en verdure idyllique où forêts, étangs et potagers se succédaient harmonieusement. Une fois les jours levés, Alain enchainait les déplacements d'un rythme effréné, les rencontres diplomatiques, les diners aux meilleures tables des meilleurs restaurants auprès de luxueux convives tels que la Présidente de la Commission Européenne ou bien le Président américain, avec qui les poignées de mains ressemblaient à des combats de pouces. Malgré la fatigue, les très hautes responsabilités, et les immenses défis à relever en chaque instant, il aimait profondément sa vie. Il se sentait à sa place, faisant partie d'un tout au milieu de ce monde des puissants et de richesses en abondance. Dans cet espace, il était d'ailleurs très apprécié, écouté, respecté, les jeunes loups le prenaient comme exemple, et les vieux loups voyaient en lui leur digne successeur, menant le navire que eux avaient conduit toute leur vie durant, vers la victoire, vers les sommets jusqu'alors inaccessibles. Lorsqu'Alain entrait dans une pièce, tout le monde se levait, lorsqu'il parlait, tout le monde se taisait et écoutait chaque mot comme parole d'Evangile. Oui, Alain était Roi en son Royaume. Ses enfants, également, étaient sa fierté. De jeunes louveteaux aux têtes blondes bien remplies, qui se tenaient droit, tout sourire, lorsque leur père les approchait, se courbant parfois pour satisfaire ses élans monar-chiques non assumés, parlaient un langage fleuri, savaient parfaitement se tenir à table, lisaient Rim-baud, Molière ou Hugo, et se distrayaient, en leur temps libre, de peintures, de poèmes et de jeux d'échec qui faisaient la joie de leur papa adoré. Il les observait, parfois, faire leurs parties avec la hargne du gagnant, développant leur capacité à fu-mer leur prochain mais toujours affectueusement, toujours le sourire et le mot courtois pour ne point blesser. Il les observait, se tenant accoudé à l'entrée de la terrasse menant à l'arrière cour du jardin, et il souriait. Il se disait qu'à cinquante-deux ans, il avait tout réussi, avait coché toutes les cases d'une vie heureuse, noble, et sans accrocs. Mais le loup affamé qu'il était ne pouvait s'en contenter. Il lui fallait toujours plus, toujours mieux… Quitte à perdre, et perdre gros, pour la première fois de son existence.

Trois semaines plus tard. Alain fut réveillé d'un sursaut par Blanchard, dans un état de panique encore plus grand qu'à l'accoutumée. « Monsieur le Président ! Monsieur le Président ! Venez vite ! C'est très grave ! » hurla-t-il devant la porte de la chambre présidentielle, la voix tremblante, frappant contre le bois frénétiquement. « Mais qu'est-ce qu'il lui prend, encore, à ce bougre ? » lâcha spontanément Alain, les cheveux en vrac, aux côtés de Marie-Jeanne, l'air guère plus présentable.

 « Monsieur le Président ! Venez, je vous en conjure ! » continua Blanchard, dont la peur suintait à des kilomètres. « Oui, oui, bah vous permettez que je m'habille ?! » répondit le président, de mauvais poil, assis au bord du lit de l'autre côté de la porte. « On ne peut même plus roupiller en paix, nom d'un chien ! » se plaignit-il en marmonnant, pendant qu'il enfilait son costume haute couture. « Quoi ?! Qu'y a-t-il ENCORE ?! » s'énerva Alain en ouvrant la porte, la mine grincheuse, une mèche de cheveux rebelle sur le sommet du crâne. « Monsieur le Président, c'est terrible ! » commença le conseiller, le teint pâle, gesticulant sans retenue,

prêt à s'écrouler. « Venez-en aux faits, Blanchard !
Je n'ai pas que cela à fiche ! » s'exclama Alain,
haussant le ton. « Les émeutes ont envahi la Grande
Ville ! Tout y est saccagé ! Le bâtiment de la finance est sous les flammes ! Le ministre de l'intérieur a été extradé car des manifestants ont pénétré
dans l'enceinte même du ministère ! Les policiers
sont à bout ! L'armée attend les ordres, monsieur le
Président ! C'est notre dernier recours ! » expliqua-
t-il, comme à bout de souffle, comme si la fin du
monde était à ses pieds. Cette fois, Alain ne souriait
plus, et le prit enfin au mot. Il attendit une dizaine
de secondes avant de répondre, pris par la gravité
de l'annonce. « Réunion d'urgence ! Je veux voir
le Général Malleuvre ! Amenez-moi également le
patron des services de renseignement ! Et le chef de
la police ! Et celui de la gendarmerie ! Et le Préfet
de la Grande Ville, ainsi que son maire ! Amenez-
les tous ! » enchaîna-t-il, tout en marchant d'un pas
élancé et déterminé à travers les couloirs du palais,
la mine grave, le regard concentré, suivi de près par
Blanchard, prenant studieusement des notes dans
son carnet. Foutu peuple de jean-foutres jamais
contents… S'ils voulaient la guerre, ils allaient voir
de quel bois le golden boy se chauffait ! Il était dans
un état de rage contenu, lancé vers l'avant tel un

gladiateur entrant dans l'arène. Il n'était pas question de perdre. JAMAIS.

« La situation est très critique, monsieur le Président… » commença le Général, la mine défaite.

« C'est-à-dire ? »

« C'est-à-dire, eh bien… Le ministère de l'intérieur est en combat entre des centaines de manifestants et la police, la ville est dans un chaos absolu, le palais de la Finance est détruit et brûle encore en ce moment-même, et nous avons appris à l'instant qu'une mouvance de manifestants, nombreuse, organisée et déterminée, n'est qu'à cent mètres de là où nous sommes, au moment où je vous parle » décria avec froideur le gradé, le crâne rasé, la carrure large, la voix imposante, la taille haute, et le regard de celui à qui on ne la fait pas. Duchesne resta silencieux, d'abord, le visage fermé.

« Autrement dit, c'est la merde, monsieur le Président. » conclut le Général.

« Oui, oui, j'avais compris… » répondit Duchesne, la main sur le crâne, peinant à réaliser.

« Et vous ? Qu'en est-il ? » demanda le Président au patron de la Police Nationale.

« Eh bien… Mes hommes sont dépassés, pour être honnête avec vous. » répondit-il spontanément.

« Le niveau de violence est au-delà de ce que vous pouvez concevoir. » ajouta-t-il.

« Ils sont également drôlement bien structurés !» compléta le chef des renseignements intérieurs. Tout ce gratin enchaina alors les démonstrations, les exposés de la situation, et les analyses qui en découlaient, sous le regard circonspect d'Alain, qui ne répondait pas.

« Les seuls choix qui se présentent à vous, monsieur, sont soit d'ordonner à l'armée de tirer à balles réelles… Sur le peuple… Ce que je vous déconseille fortement.» commença-t-il, attirant l'attention du président, « soit de vous extrader à votre tour et vous exiler pendant un temps. Le temps que mes hommes gèrent le problème, et que la situation redevienne sous contrôle. » dit alors d'un ton stricte le Général des armées, le regard déterminé.

« M'exiler ? Mais… Pourquoi donc ? » demanda Alain, comme sortant de sa grotte.

« Ces gens, dehors, vous en veulent. Ils sont vraiment sur les dents. » A cet instant, on entendit au loin, des grognements virils de voix rompant le silence du palais. Dans la salle de réunion, tout le monde se tut. Le président faisait les gros yeux, figé comme de la glace. Les voix, innombrables, véhémentes, s'approchaient peu à peu et faisaient presque vibrer les murs.

« Vous devez partir. **Maintenant**. »

Alain Duchesne se pensait dans un rêve, ou plutôt dans un cauchemar. Mais tout ceci fut bien réel. Il était escorté par son service de sécurité jusqu'à l'arrière du palais, longeant le long couloir qu'il aimait, en temps normal, tant traverser, qui était cette fois un calvaire, agrémenté de fenêtres tout le long sur la droite, poussant la sécurité à prendre toutes les précautions du monde, avancer pas à pas, guettant le moindre risque, le moindre mouvement, la moindre feuille tombante qui paraitrait suspecte. Alain Duchesne était collé à trois de ses gardes du corps, la tête roulée vers l'avant, sur les épaules et les bras de ces colosses costumés. Plus ils avançaient, plus les voix grondaient à l'extérieur, et plus l'on entendait les combats. Des tirs de flash-balls retentissaient à foison, des grenades explosaient bruyamment, des cris et des insultes pleuvaient comme des cordes. Alain comprit seulement à ce moment précis que tout n'était pas un jeu. Des vies étaient impactées. Il eut un sursaut de conscience quelques secondes, puis pensa surtout à sauver sa peau, et celles de sa tendre famille, et se demanda où il allait bien pouvoir s'exiler, lui qui aimait tant son palais… Sa vie était ici. Et s'il ne parvenait pas à se sauver ? S'il finissait entre les mains de ces terribles manifestants ? Allait-il finir comme Louis

137

XVI ? Une angoisse le prit dans tout son être, faisant d'abord trembler les jambes, puis les mains, soudainement grelottantes, avant de ressentir une forte sensation de nausée et un blocage partiel de la circulation de l'air dans les poumons. La chaleur lui monta brusquement à la tête, il devint blanc comme un linge, il entendit comme un bruit sourd, un bourdonnement assourdissant, l'équilibre vint à lui manquer… Lorsque l'un des membres du service d'ordre le découvrit, il était déjà trop tard. Alain Duchesne s'écroula lamentablement au sol, abandonnant alors son corps à l'incompréhension des gaillards. Sa vision se troubla encore davantage, puis l'écran devint noir. Il s'évanouit en plein milieu de ce chaos. Son sort n'était désormais plus entre ses mains. Le jeu était maintenant terminé.

Alain entendit du bruit. Un son, une voix. Il ouvrit péniblement une paupière. Il vit une silhouette encore peu reconnaissable. Il ouvrit le deuxième œil, cligna plusieurs fois comme pour éclaircir sa vue, et resta comme étourdit. Il vit sa femme, Marie-Jeanne, le contempler avec questionnement, juste au-dessus de lui, sous un soleil radieux qui causait un effet de contre-jour ne permettant pas de distinguer clairement les traits et les expressions. « Bah alors, Alain? T'as pris un coup de soleil ou quoi ?» lâcha cette dernière d'un ton qui ne lui ressemblait pas. Cela le surprit à tel point qu'il tenta de se relever afin d'y voir plus clair. Deux autres têtes s'étaient ajoutés, l'encerclant de silhouettes masquées par le contre-jour. Il reconnaissait vaguement ses deux fils, mais tous semblaient… Différents. Il ne pouvait encore expliquer en quoi, mais ce ressenti s'accentuait à chaque seconde.

« Vas lui chercher de l'eau, Léopold ! Il a sûrement eu une insolation ! » s'exclama sa femme.

« Ma… Marie-Jeanne ? C'est toi ? » demanda alors Alain, confus.

 « Bah qui veux-tu que ça soit d'autre ? » répondit-elle, sous la surprise et l'inquiétude montante.

 « Mais… Mais… » tenta de formuler Alain, sans résultat.

« Bah qu'est-ce qui te prend, mon lapin ? Ça ne va pas ? » répondit alors Marie-Jeanne, soucieuse. Léopold revint alors avec une bouteille d'eau fraiche, qu'il versa d'un coup sec sur le crâne d'Alain, se raidissant en une fraction de seconde, lâchant un cri aigu pour le moins déconcertant. Il jeta alors le regard sur ce dernier, et ne le reconnut que dans les traits du visage. Tout, chez lui, avait subitement changé. Il arborait une casquette Nike à l'américaine, portant la visière à l'arrière de son crâne, et était vêtu d'un survêtement d'une marque de magasin de sport très populaire. Alain le regarda longuement, prêt à l'enguirlander pour ce choix vestimentaire plus que douteux, avant d'observer autour de lui, réalisant que tout lui était absolument inconnu. Il se trouvait au milieu d'un modeste jardin où de vieilles herbes cohabitaient avec le reste, clairsemé de meutes de terre où l'herbe semblait ne plus y pousser depuis des années, le tout entouré de grands tuyas partageant la propriété d'une autre maison et d'un autre jardin, juste à côté. Derrière lui se trouvait une maison blanche, aux tuiles rougeâtres, arpentés de volets couleur bois, le tout accessible via une petite pente descendante menant à une porte de garage ouverte. Un grand arbre cerisier se trouvait dans l'axe du jardin, particulièrement beau, fleuri, dont les pétales blanches illuminaient cette cour sous ce ciel d'un bleu marin.

« Où est notre palais, chérie ? » demanda-t-il timidement, perdu. Elle le regarda d'abord sans répondre, visiblement décontenancée. « On nous a exilés, ça y est ? » continua-t-il, le visage et la chemise trempée d'eau froide. « Je crois que je vais appeler un médecin, là, parce que tu ne vas pas bien du tout ! » répondit sa femme, sous les regards intrigués des deux jeunes.

« Mais où sommes-nous, bon sang ?? » s'agaça-t-il alors,

« On est chez nous, Alain ! C'est chez nous, ici ! »

« Ecoutez, docteur, il doit s'agir d'une erreur… Je suis le Président de la République ! » martela Duchesne, allongé sur le canapé, plus petit et bien moins confortable que celui du palais, un sac de glaces posé sur le front, face à un médecin qui visiblement, en avait vu d'autres.

« Vous voyez ? Y' recommence ! » rétorqua alors Marie-Jeanne, se tenant juste devant.

« Je vois, je vois… » répondit sobrement le médecin, blasé.

« Je me suis évanoui et depuis… Je ne sais pas ce qu'il m'arrive, on doit me faire un coup monté. Ce doit être Griffon, tiens ! Il veut se venger de la dernière loi qu'il avait voté contre et que j'ai fait passer, à coups sûr ! Rah ce chacal ! J'aurai sa peau!» enchaina-t-il, s'agitant vainement sur le canapé.

« Ça fait longtemps qu'il est dans cet état ? » demanda alors le médecin à Marie-Jeanne.

« Depuis qu'il s'est réveillé de son insolation ! Je ne le reconnais plus, docteur ! Faut faire quelque chose ! » s'apeura-t-elle, gesticulant nerveusement, se mordant les ongles. Elle aussi s'était métamorphosée. Les cheveux attachés, un haut violet en tissu, et un simple jean mettant assez peu en valeur ses courbes pourtant aguicheuses. Alain la regarda avec attention, essayant de comprendre, d'analyser, de trouver la faille. « C'est une caméra cachée, c'est ça ? » demanda-t-il, sourire idiot. Le médecin le fixa, se demandant bien ce qu'il allait faire d'un cas pareil.

« Bon… Je pense que vous avez besoin de repos, de prendre l'air… Buvez beaucoup d'eau, restez tranquille, prenez une tisane, et ça ira. » dit finalement le docteur, en rangeant ses affaires dans sa petite mallette. « Et son travail ? » demanda alors Marie-Jeanne.

« Une semaine d'arrêt et il repartira comme en 40!» sortit le médecin, sans y croire aucunement.

« Allez, ce n'est pas tout, mais je dois filer. Bonne soirée ! » conclut-il, partant précipitamment. Un silence lourd s'installa alors dans la pièce sous le claquement de la porte.

« En arrêt ? On peut être en arrêt de travail quand on est Président ? »

La semaine qui suivit, Alain vivait chaque jour comme une souffrance ignoble. Il allait de découverte en découverte, n'ayant, au fil des jours, plus suffisamment de larmes pour pleurer. Il fit le tour de la maison, d'abord. Plutôt charmante, au demeurant. Une maison de campagne, lorgnant des poutres et des plaques de bois un peu partout, notamment dans les chambres, petites et en désordre, voyant ses deux jeunes faisant montre d'une indiscipline aussi féroce que soudaine. La cuisine était particulièrement modeste, boisée et minimaliste. Il peinait à cuisiner comme il le faisait habituellement, lors des rares moments de détente qu'il comptait dans son emploi du temps surchargé. Parlant de cuisine, il découvrit la nourriture… Des légumes surgelés, des plats préparés à réchauffer directement au micro-onde, des produits industriels bourrés de conservateurs, de colorants, et de produits chimiques en tous genres. Des canettes de Coca et de Monster peuplaient la porte du frigo, et, à son effroyable surprise, elles étaient siennes. La table à manger était une petite table rectangulaire qui se dépliait légèrement en cas de festivités, le tout décoré d'une nappe à l'effigie de Johnny Hallyday, dont la nouvelle Marie-Jeanne était totalement fanatique... Complètement atterré, Alain eut l'idée de descendre au sous-sol, dans l'espoir d'y trouver quelque chose qui le rassurerait un tant soit peu, qui le ramènerait à sa vie, dont il était injustement privé. De nombreux sacs poubelles remplissaient la cage d'escalier, avant de mener au garage, certes spacieux, mais qui lui causa un véritable choc, lorsqu'il découvrit sa voiture.

« C'est pas vrai ! Non mais dites-moi que je rêve!» hurla-t-il, s'arrêtant net face à la carrosserie. Une Fiat Multipla des années 2000, d'une forme peu esthétique, ressemblant à un scarabée, légèrement boueuse sur toutes les bordures, où certaines portières et le parechoc semblaient avoir connu la guerre. Alain se tenait là, sans voix, la bouche tombante, essayant de pleurer mais la force lui en manquait. « C'est avec ça que je dois aller bosser ?? » s'exclama-t-il, ressentant autant de colère que de dépit. Il entra dans le véhicule, fut saisit par le manque de confort évident, mit la clé et tenta de démarrer. Un bruit de moteur aigu, agonisant dans ses dernières forces pour lancer la machine, surgit alors, se répétant une quinzaine de fois, avant d'enfin réussir à prendre vie. Lorsque le véhicule était finalement prêt à partir, Alain plongea la tête dans le volant, profondément déprimé et désespéré. Il se répéta que si tout cela était une blague, Dieu savait à quel point elle était de mauvais goût ! Il cherchait des réponses, pensait à mille coupables potentiels, et ressentait un désir de vengeance comme il n'en avait encore jamais connu auparavant. « Ils vont me le payer… Ils vont vraiment me le payer… » répétait-t-il en boucle, la mâchoire serrée, fronçant les sourcils, les poings fermés et les bras tendus par la colère qui le rongeait jusqu'à l'os. Il regarda ensuite dans son GPS, afin de trouver l'adresse de son emploi, dont il ne connaissait pour l'heure ni son nom, ni sa forme. Il vit alors écrit : « travail : Le Froid, 24 rue Planchon, Arrière Ville. » Il écarquilla alors les yeux. Ce ne pouvait être vrai, il devait s'agir d'une erreur, d'une faute de frappe, pour sûr ! Il ne pouvait pas travailler à l'Arrière Ville, cette zone connue pour être très pauvre, peuplée d'une forte mixité culturelle, et qui avait la réputation peu flatteuse, lorsque l'on venait de la zone blanche, soit la plus riche, de la Grande Ville. Il prit son téléphone, chercha sur Google Maps, nota l'adresse… Elle ne se trouvait qu'à l'Arrière Ville. Alain laissa alors tomber son crâne sur le repose-tête du fauteuil conducteur, et se remit à pleurer.

« Pourquoi ? Mais POURQUOI ? Qu'ai-je donc fait pour mériter cela ? » s'étrangla-t-il de détresse, pleurant bruyamment. C'était sans compter le soutien de Léopold, son aîné, qui débarqua à sa gauche, vêtu d'un survêtement multicolore absolument immonde, toquant à sa fenêtre. Alain l'ouvrit avec appréhension en séchant ses chaudes larmes.

« Eh P'pa ! Tu peux me prêter dix balles, s'teuplait? C'est pour aller voir le nouveau Marvel, au cinéma, il a l'air grave bien ! » demanda-t-il, le regard vide. Alain l'observa sans répondre, puis referma lentement sa fenêtre en éclatant en sanglot, face à l'incompréhension du fils qui resta devant la portière close, attendant une réponse. En vain. Le sort semblait s'acharner sur Duchesne. La vie qu'il avait conquise par une bataille endiablée en chaque instant lui lâchait des mains sans aucune raison. Bien que les règles étaient identiques, il se voyait alors, estomaqué, faire partie de l'autre côté du jeu... Celui du perdant.

« Le froid ? Quel drôle de nom... » commença-t-il, arrivant face à son nouveau lieu de travail, à 6h pétantes, se tenant droit devant un immense magasin en forme de paquebot, au milieu d'un grand parking encore désert. Il avança, doté de sa mallette noire, avec une peur terrible, une boule au ventre comme il n'en avait plus eu depuis ses examens de diplôme. Il n'avait rien avalé avant de partir, et marcha, lentement, la respiration courte, vers l'arrière du magasin, où des dizaines de piles de palettes en bois décoraient cette zone visiblement prévue pour le déchargement de poids-lourds. Il monta la parcelle qui menait à l'arrière porte, et entra dans la zone d'arrivage. Il s'arrêta un instant, la mallette au niveau de sa taille, et observa tout autour. Les couleurs étaient peu chaleureuses, le sol était particulièrement poussiéreux, comme d'une poussière de bois. Une petite table tangente se dressait à sa gauche, juste devant ce qui s'apparentait à un bureau dont la porte était ouverte, où une personne travaillait studieusement. Un franco-sénégalais à la tête dure, un grand molosse vêtu d'un treillis militaire et de rangers aux pieds. Il fixait Alain, le visage fermé. « Oh Alain ! » commença alors l'homme en treillis, d'une voix caverneuse et surpuissante, « Qu'est-ce tu fous en costume ? » demanda-t-il, fronçant les sourcils.

« Eh bien, je… Je m'habille ainsi pour travailler, je… » répondit Alain, mal à l'aise.

« Pour travailler ? Tu vas geler, habillé comme ça !» sortit l'homme, riant sans gêne, d'un ton stricte, au phrasé saccadé et rapide, en parfaite adéquation avec sa tenue militaire.

« Non, je… Ça devrait aller, ne vous inquiétez pas… » Alain s'avança alors lentement, entra dans la pièce entourée d'une modeste table blanche semblant tout droit venir du célèbre fabriquant suédois, où des ordinateurs d'un autre temps se côtoyaient froidement. Alain s'assit à l'un d'entre eux, sur la rangée de droite, dans l'angle, vers le mur opposé, et ouvrit délicatement sa mallette, sentant son cœur battre la chamade. « Oh qu'est-ce que tu branles, toi ?! » lâcha alors l'homme en treillis, faisant sursauter Alain sur sa chaise. Il se retourna.

« Bah je travaille, monsieur… » répondit Alain, l'air d'une proie sur le point de se faire manger.

« Tu te fous de ma gueule ? T'es pas réveillé ou quoi ?? » s'agaça l'homme, se levant brusquement de sa chaise, l'air menaçant. « Viens ! » hurla-t-il sans demi-mesure, sortant du bureau. Alain le suivit, du moins essaya, car l'homme semblait avoir un moteur dans les jambes. Ils traversèrent alors un long, très long couloir, où d'immenses frigos longeaient le mur à leur gauche, pendant que des machines de presse à cartons se tenaient, ci et là, juste en face. Des appareils de manutentions électriques étaient garés de façon ordonnée, et un grand rideau semi transparent semblait séparer cette zone des rayons. L'homme en treillis s'arrêta face à une grande porte blanche, de la largeur d'un mur, s'ouvrant sans poignée, en poussant avec force d'un bout à l'autre, laissant ensuite apparaitre un haut rideau bleu, où de la glace agrémentait les plis. Alain restait statique, sans comprendre.

« Voilà ! C'est là, ton travail ! Prends ton gerbeur et va bosser ! » dit l'homme d'un ton sec, avant de repartir aussi vite qu'il était venu. Alain restait là, à contempler ce grand rideau des plus mystérieux. Que pouvait-il bien se cacher de l'autre côté ? Il vit alors un bouton sur sa droite, appuya, et le rideau s'ouvrit. C'est alors que ses yeux sortirent presque de leurs orbites, et qu'il retint son souffle.

« Nom de Dieu, dites-moi que je rêve… » Devant lui se trouvait un immense congélateur, de la taille d'une épicerie, dont le bruit d'un ventilateur géant occupait les esprits, accroché en hauteur, à l'autre bout de la pièce. De la fumée blanche s'évadait de la bouche d'Alain, pendant que ses jambes restaient paralysées par cette sensation de froid extrême. Des palettes remplies de marchandises se tenaient les unes à côté des autres, sur deux étages, maintenus par de grandes poutres rouge vif, remplissant considérablement ce frigo géant, où des petites allées entrecoupaient chaque rail stocké, afin d'y circuler librement. Alain comprit alors la remarque

moqueuse du molosse en treillis. Que la journée allait être rude, dans ce petit costume bon marché…
Il se rappela aussitôt que l'homme, qui semblait être son supérieur hiérarchique, lui avait parlé d'un « gerbeur ». Mais que cela pouvait-il bien être ? Alain se retourna alors sur les engins de manutention, et en vit un plus grand que les autres, couleur jaune orangeâtes, portant une vitre de protection au-dessus du guidon, et dont la longueur était importante. Il se mit devant, observa les boutons figurant sur le tableau de bord, tentant d'en comprendre le fonctionnement. « Eh ! » sortit furtivement de l'allée de gauche, résonnant dans l'espace du lieu. Alain se retourna brusquement, et vit un autre grand gaillard, plus grand encore, avoisinant les deux mètres, métisse, les yeux clairs, taillé comme une armoire à glace, portant une casquette rouge, un pull en soie couleur bordeaux, et un jogging noir relativement ample.

« Tu vas à un mariage ? » lâcha cet étrange inconnu, affichant un rictus, avançant en déambulant les épaules et les bras de façon caricaturale. Alain ne sut que répondre. L'homme s'approcha, tendit sa main comme pour le saluer. Il semblait tenir un accent portugais, le ton chantant et rythmé.

« Alors, c'est comment ? » demanda-t-il, sous l'incompréhension d'Alain du sens de la question.

« C'est-à-dire ? » finit-il par répondre.

« Bah c'est comment ? » s'étonna l'homme à la casquette.

« Eh bien… C'est compliqué, pour tout vous avouer. » répondit Alain, mimant l'air déconfit.

« Tu me vouvoies, maintenant ?? Qu'est-ce qu'il t'arrive ? » lâcha l'homme, riant à moitié. Alain sourit, comme pour couper court à cette discussion qui le plaçait en position de faiblesse.

« Dites-moi, sauriez-vous comment fonctionne cet engin, par hasard ? » demanda-t-il alors le plus sérieusement du monde, voyant l'homme le fixer quelques secondes sans répondre, avant d'éclater de rire sans aucune compassion. Il s'éloigna soudainement, retournant dans la zone d'où il était venu, un immense hall de stockage de produits secs, et disparut quelques minutes. Alain tenta à nouveau d'allumer cette machine qui lui était un mystère complet, pendant qu'il vit réapparaitre l'homme à la casquette, accompagné de deux autres, un de la même couleur de peau que le molosse en treillis, portant une capuche par-dessus un bonnet, suivi d'un survêtement noir. Le second, la peau claire, les yeux bleus, la carrure efflanquée, coiffé de dreads-locks attachés à l'arrière de la tête, portant une veste à l'effigie de l'enseigne du magasin, et un pantalon sarouels sombre. Tous trois arrivaient le sourire aux lèvres, comme se dirigeant à un spectacle de leur humoriste préféré, s'attendant à se poêler littéralement, histoire de commencer cette longue journée sous de bons auspices. Alain comprit à ce moment que la sienne n'allait plus simplement être rude… Mais un véritable enfer.

16h45. En sortant du travail, Alain, encore frigorifié, claquant des dents continuellement, se voyait passer à la station d'essence afin d'y faire son plein. Le costume presque statufié par le froid, poussiéreux et entaché, Alain se tenait au côté de son véhicule, tenant la pompe, les idées vagues, la mine décomposée. Appuyer sur la poignée de la pompe à essence lui demandait un grand effort, tant ses mains semblaient durcies et rougeoyantes. Une autre voiture attendait derrière lui. Le soleil printanier lui tapait sur la nuque comme pour le punir une seconde fois. Une fois le plein effectué, il était temps de payer. Alain sorti alors sa carte, d'un geste lent et nonchalant, ne regardant même pas le montant, sûrement par habitude… *Paiement refusé*. Il eut un mouvement d'étonnement. Il frotta sa carte sur la veste de son pauvre costume malmené et la réintroduisit dans le boitier. *Paiement refusé*. Alain resta devant cette phrase qui n'avait aucun sens à ses yeux. Il réessaya une troisième fois, malgré les expressions d'impatience du conducteur de la voiture derrière lui. *Paiement refusé.* Il sortit alors son téléphone, regarda son compte bancaire, pour tenter d'y voir plus clair, de trouver une explication.

« Ce n'est pas possible… Ce n'est pas possible…» répéta-t-il, les yeux rivés sur son écran. Il était à découvert de plusieurs milliers d'euros, et sa carte était bloquée, dû à un endettement trop important, entre plusieurs crédits non-remboursés et une saisie sur salaire par l'administration des impôts.

« Bon, tu te grouilles, là ?? » hurla le conducteur derrière, sortant sa tête par la fenêtre. Alain n'y faisait même plus attention. Sa respiration devint rapide, comme essoufflée par une réalité saugrenue qui le dépassait royalement. « Eh voilà ! Ca a encore augmenté !" lâcha une femme de la voiture à sa droite, à l'allure négligée, les traits fatigués, la corpulence forte, les bras en l'air comme pour maudire le sort tout entier. « Plus de deux euros le litre! Ils n'en ont jamais assez ! Ils vont nous saigner jusqu'à la dernière goute ! » continua-t-elle, enragée, balançant violemment la pompe avant de se diriger vers la portière conducteur de son véhicule.

« On devrait faire une révolution et tout bloquer ! Ils comprendraient ce que c'est de nous pourrir la vie aussi injustement, ces sales mafieux ! » ajouta

153

un homme relativement âgé, de la pompe voisine, le visage fermé, l'allure maigrichonne et une barbe blanche de quinze jours. Alain les écoutait, remontant dans son véhicule, sans broncher. La boule au ventre ne l'avait pas lâché depuis le matin, la sueur coulait et nageait sur sa peau comme des larmes de chagrin et d'une angoisse incontrôlable.

« Je vais me réveiller.. Je vais me réveiller… » tentait-il de se rassurer, la mâchoire serrée, les yeux presque exorbités, pendant qu'il rejoignait la route et avalait les vingt kilomètres qui les séparaient de son domicile, au Village. Au soir, sa femme, toujours aussi méconnaissable, pleurait en s'apitoyant sur leur malheur, le visage dans les mains, face aux factures qu'il restait à régler, et tout cet argent qu'ils ne parvenaient à rembourser. Les solutions manquaient, le couperet se rapprochait dangereusement de leur gorge, un peu plus chaque fin de mois.

« Tout augmente, c'est juste pas vivable… » sanglota-t-elle, affalée sur la table à manger. « Regarde, les impôts ont augmenté, cette année, ils nous prennent 3 % de plus ! Le gaz et l'électricité, je n'en parle même pas ! Plus de 400 euros à payer!» décrivait-elle, douloureusement. Alain la regardait, impuissant, pris entre l'envie de la consoler, et cet acharnement qui semblait sans issue.

«Déjà qu'ils te prennent 200 euros par mois sur ton salaire, regarde ce que nous coûtent les courses ! Regarde !» continua-t-elle, lui tendant les tickets de caisse soigneusement conservés. Alain ne répondait pas. L'air sombre, les yeux écarquillés. « J'essaie de faire des économies, de prendre le moins cher possible, de faire des rations, de limiter au maximum les loisirs, de ne plus aller à la danse, de ne plus acheter de fringues de marque pour Leopold et Louis... Mais ça continue d'augmenter, encore et toujours ! Je n'y arrive plus, Alain... Je suis épuisée... » finit-elle, le regard éteint, s'écroulant sur la table, entourée de ses bras comme pour en amortir le choc. Alain restait là, à la regarder pleurer toutes les larmes de son corps, sans n'avoir le moindre mot à lui apporter. Il se contenta de lui caresser l'épaule, timidement, sentant un mélange de colère noir et de désespoir lui monter à la poitrine, qu'il refoula par pudeur. La vie n'était désormais plus un jeu. Elle devenait aussi impitoyable qu'insipide, aussi incertaine qu'épuisante. Elle n'avait plus aucune saveur. Elle était devenue comme ces plats préparés qu'il consommait chaque midi, ce genre de plats que l'on mangeait parce que l'on avait faim, sans en ressentir le moindre plaisir gustatif, la moindre sensation un tant soit peu agréable, la moindre surprise, la moindre joie, hormis celle de

155

se remplir temporairement l'estomac. Il découvrit cette vie où l'on se levait en pleine nuit pour avaler des dizaines de kilomètres afin de se donner à des tâches insignifiantes, pénibles et rustres, supportant les sourires véreux du patron et les ordres rabaissant du chef se croyant encore à la caserne, le tout pour payer ses dues au grand capital, ne laissant aucune place à la découverte, à la rêverie, au plaisir, au bonheur. Alain découvrit également des gens, des humains, faits de chairs et de sang, emplies de personnalités attachantes, sensibles, d'espoirs ardents, ou de névroses d'une vie de labeur et d'ingratitudes. Certains dont les compétences ne pouvaient s'exprimer, dont les rêves et les ambitions étaient tenaillées. Certains dont la misère et le manque de perspectives les poussaient à développer un tempérament de hyènes, n'hésitant pas à salir leur frère, leur ami, leur doyen, pour une petite place à peine plus confortable ou pour des vacances à la mer offertes par la hiérarchie. Ces jeunes pleins de bonne volonté qui se voyaient mis au dernier rang, se battant sans relâche, non comme des loups mais comme des sangliers ou des cerfs en pleine chasse à courre, utilisés comme des objets jetables dans un monde du travail où le profit et l'intérêt économique primaient sur toute morale. Ces jeunes dont l'unique but était de survivre, dans cette jungle sans pitié dont les règles les mèneraient perdants quelque-soit leur stratégie et les cartes qu'ils poseraient sur la table. Ces anciens, également, ces séniors à mille lieux de leur retraite tant désirée, se voyant dirigés lentement mais sûrement vers la sortie dû à un âge trop avancé, une santé fragilisée ne pouvant tenir les cadences intrépides de la surproduction sans limite que l'on appelait « progrès ». Ces pauvres vieux, ayant travaillé toute leur vie, clôturant leur existence avec cinq-cents euros par mois, mis au ban d'un système qui courait trop vite pour eux, voyant leur présence être devenue une charge indésirable. Oui, Alain découvrait la vie. La vie de ces êtres humains qui étaient nés sous une étoile pâle, qui luttaient avec leurs armes, en silence, dans la peine et dans la grisaille, qui ne demandaient rien d'autre que de vivre avec dignité et respect, emprisonnés dans un jeu qui les martyrisaient et les tenaient en joug sous une épée de Damoclès. Toute cette souffrance avait une odeur différente, un mélange de soufre et d'amiante, maintenant qu'Alain la subissait de plein-fouet. Tels étaient les jours … Loin du palais et de la Grande Ville.

Les semaines passaient, et Duchesne se prit d'amitié pour ses collèges Du Froid. Tous les matins, à la pause de 10h, ils partageaient chaleureusement un casse-croûte autour d'une longue table premier prix, partagés entre la télévision postée en haut du mur, à leur gauche, et les débats qui en découlaient, les rires virils qui résonnaient, et ces passions qui ne trouvaient que ce lieu pour se révéler. Il appréciait notamment Luis, le géant métisse portugais, dont Alain sentait, en plus d'une capacité à fracasser n'importe qui, un énorme potentiel pour le stand-up, lui causant de véritables fou-rires interminables, lui tordant les côtes, tant les répliques fusaient, les vannes s'additionnaient et pleuvaient des plus naturellement, le tout avec un talent pour la comédie, l'incarnation et le rythme aussi bluffant qu'inné. Ce dernier riait souvent face au phrasé et à l'éloquence d'Alain, qui peinait à se débarrasser de ses bonnes habitudes, pourtant connu pour sa forte capacité d'adaptation. Mais tous deux devenaient bons camarades, puis amis. Alain aimait le football, et se plaisait à pouvoir partager cet intérêt avec lui qui zappait régulièrement sur L'Equipe 21. Les discussions étaient tellement vives et emballées lorsque ce sujet se présentait autour de la table, que toute l'équipe décida d'organiser des matchs de foot au gymnase de l'Arrière Ville, chaque lundi soir. Alain y retrouvait ainsi son âme d'enfant, se laissait porter par l'enthousiasme juvénile à courir après un ballon, à se sauter dans les bras à chaque but marqué, hurler de joie face à la victoire, brailler de colère et de frustration face à la défaite, ces matchs étant, pour ces braves hommes, le seul jeu auxquels ils avaient encore une chance de gagner. L'intensité ressentie lors de ces simples matchs entre amis ressemblait à celle des plus grands stades lors des soirs de Ligue Des Champions. Alain et ses collègues jouaient leur honneur, jouaient leur intégrité, jouaient leur estime, jouaient tout ce qu'ils possédaient de plus précieux, et dont ils se sentaient privés. Les coups d'épaules explosifs, les tacles pêchus, les cris bestiaux… Sur ce terrain, les loups qui, à l'habitude, dormaient, là se délivraient et s'épanouissaient pleinement. Car ce terrain était leur papier. Ce ballon était leur crayon. Ces buts étaient leurs espoirs perdus. Ainsi s'exprimaient-ils, tantôt exaltants, tantôt vociférant avec hargne, retrouvant le temps d'un soir le contrôle de leur vie et un bonheur dont ils chérissaient la douce saveur.

Ce jour-là, à la pause de 10h, Alain n'écoutait plus les vannes de son collègue Luis. Son attention était portée sur les actualités diffusées à la télévision.

Entendant la journaliste, il s'arrêta de mâcher sa nourriture, resta muet, les yeux rivés sur l'écran, comme totalement possédé.

« Le gouvernement du Président Blanchard va bientôt instaurer une loi qui vise à modifier les codes et les structurations des emplois par branche et domaine spécifié. » débuta-t-elle, le ton neutre tel un ordinateur parlant. Alain sentit son corps se raidir.

« Ainsi, chaque entreprise pourra modifier le nombre d'heures minimum ainsi que maximum légal, pourra légiférer sur le statut du CDI et ainsi apporter plus de libertés et de souplesse aux employeurs, notamment à l'embauche mais aussi en cas de licenciement, face à la crise de la concurrence internationale que nous connaissons », « Le taux horaire pourra également être discuté, de façon à réguler les dépenses des entreprises non plus selon des règles nationales strictes et communes, mais plutôt en fonction de leurs réels bénéfices et de leurs besoins pour accroitre leur croissance. » conclut-elle, sous les images de Patrice Blanchard saluant les journalistes d'un air assuré, entouré d'une quinzaine d'hommes costumés, affichant des sourires de façade, lors d'un déplacement dans la Zone Bleue, soit le quartier industriel et commercial de la Grande Ville.

« Blanchard ! » s'écria alors Alain, se levant furieusement de sa chaise, ne quittant plus l'écran des yeux. Toute l'équipe s'arrêta et le regarda, ahuries. « Ce salaud ! Cette mauviette ! Comment a-t-il pu?! Il me vole mon projet de loi, en plus ! Oh, il va me le payer ! Il va vraiment me le payer ! » enchaina-t-il en serrant les poings, d'une rage saisissante. Tous le suivaient du regard comme face à un être venu d'ailleurs, parlant un langage inconnu.

« Tu ne finis pas ta pause ? » demanda le chef en treillis, de son ton militaire habituel.

« Non, je préfère retourner bosser ! Le froid, ça va me détendre ! » répondit Alain en traversant la pièce, fronçant les sourcils, serrant les dents, le regard noir de haine. Tous se regardaient entre eux, tentant de trouver quelqu'un qui, par miracle, avait compris ce qu'il venait de se passer. Alain ouvrit la porte du congèle avec une force herculéenne, la flanquant du côté opposé avec une virulence démesurée, avant d'y entrer comme l'air de vouloir en découdre avec la glace, les palettes et cet immense ventilateur réfrigérant qui faisait un bruit de sèche-linge et qui, en cet instant, tapait fortement sur son système nerveux. Il eut envie de tout détruire, de tout faire voltiger dans la pièce, et de hurler à s'en briser les cordes vocales, tant la haine et le sentiment d'injustice consumait chaque globule de son sang. Il se prit ensuite d'un profond sanglot, de colère, de douleur, et de désespoir. La tête basse, les épaules tombantes, comme s'affaissant face à la dureté d'un quotidien trop lourd pour lui, il pleura une vague de tristesse que son corps ne pouvait contenir. L'image de Blanchard dans le costume qui était le sien passait en boucle dans son esprit, et alimentait une sensation terrible. Fermant les yeux, son attention se dirigeait maintenant essentiellement sur le visage de son ancien conseiller, qui le regardait avec un sourire revanchard, sadique, un regard qui lui disait « Bah alors, Duchesne ? Tu t'es perdu ? C'est pas trop difficile, ta nouvelle vie, loin du palais ? » avant de lâcher un rire démoniaque, faisant brûler les flammes d'une rage bestiale à travers l'âme d'Alain. Pris d'une haine monumentale, il releva la tête, les yeux rouges, privés de vie, le visage marqué par le froid, et se teint, le regard dans le vide, quelques instants. Il eut alors comme une révélation. Une idée. Une lumière. Une évidence. Il observa la date sur son téléphone. Il fit alors les gros yeux. Il était un mois avant l'aboutissement de la révolte qui l'avait vu s'évanouir dans les bras de ses gardes du corps. Il comprit qu'il avait donc un coup à jouer. Une chance de sortir de ce trou noir, et retrouver sa vie d'avant, celle qui lui appartenait. Lui seul pouvait y arriver. Malin, combatif et opportuniste, il vit en cet instant LE moment de bascule.

« **Il faut que je mène la révolte**. »

Les jours qui suivirent, Alain ne dormit que très peu. Enfermé dans une pièce du sous-sol qui faisait auparavant office de salle de jeux pour les enfants, il préparait son plan avec minutie, rigueur, et discipline. L'occasion était trop belle pour ne pas la saisir. Il en avait assez de rêver chaque nuit de son palais, de son bureau présidentiel, et de ses diners royaux en sanglotant, réveillé par Marie-Jeanne qui peinait de plus en plus à le reconnaitre. Il en avait assez de subir une vie de misère aux allures de petit confort relatif, le voyant devenir un esclave des temps modernes. Il était temps de passer à l'attaque. Il était temps de se relever. Il était temps de redevenir Alain Duchesne.

« Des manifestations sont en cours, un peu partout dans le pays, » commença la journaliste,

« Elles sont globalement pacifiques. Des groupes de manifestants bloquent principalement des points d'accès, des ronds-points, des axes routiers, » décrivit-elle, sur un ton monocorde,

« Cela cause quelques heurts, entre les automobilistes et des manifestants, et provoquent la colère des chauffeurs-routiers qui se voient empêcher de travailler. » Alain écoutait, seul devant son écran de télévision, hochant la tête de droite à gauche, ruminant, la mâchoire serrée, le regard dépité.

« Ces imbéciles croient vraiment que c'est comme ça qu'ils vont changer les choses ?! » s'agaça-t-il, en mettant son large anorak et son bonnet en laine en guise de tenue de travail. Voyant ces images et les discours mal maitrisés et simplistes prononcés par les « têtes médiatiques » du mouvement, il se convainc qu'il était le seul capable de mener au but, d'atteindre le Palais Présidentiel et de faire plier le système, car il le connaissait dans ses moindres recoins. Il en connaissait les rouages, les forces mais aussi les failles, savait quel langage parler pour être écouté par l'élite. Ces pauvres travailleurs modestes ne savaient parler que le-leur, et allaient finir, à coup sûr, broyé par beaucoup plus grand, beaucoup plus puissant qu'eux, dans un combat sans équité aucune. Il lui fallait d'abord convaincre ses collègues du Froid. Ensemble, ils iraient à la Grande Ville, ce qui lui permettrait de communiquer ainsi ses plans au plus grand nombre, structurer le mouvement, créer des groupes distincts visant à frapper sur différents niveaux, unir les forces et les mouvances, empêcher l'accès à ceux qui nuiraient la cause ; ainsi, tout cela lui permettrait de se faire remarquer par les médias, se faire inviter sur les plateaux télés, et grâce à son charisme, son éloquence et sa capacité à amadouer, il se verrait ensuite promu à devenir chef de la révolte, puis une fois la victoire obtenue, reprendrait le Palais et le costume qui lui était attitré. Il se vit déjà en grand conquérant, ayant à sa botte ce peuple qui, dans une autre vie, le conspuait et entretenait avec lui une relation de désamour mutuel. Ce serait là la plus belle, la plus grande de ses réussites. Alain, les yeux au ciel, sourire rêveur, s'y voyait déjà. Telle était sa destinée. Le plan était quelque peu alambiqué, mais c'était la seule carte qu'il pouvait jouer. Il y misait donc sa vie toute entière. Il n'était pas question d'échouer. JAMAIS.

La colère grondait chaque jour un peu plus, un tonnerre se préparait. Chaque matin, à la pause, au Froid, les débats enragés rythmaient des journées ternes et insignifiantes. Alain pouvait, maintenant qu'il connaissait mieux le fonctionnement de ces « hommes du peuple », les ramener à sa cause, les manipuler avec encore plus d'efficacité, leur faire boire ses paroles comme l'eau de la vérité. A force de détermination, il obtint l'alliance, au sein de l'équipe, le front commun, et le déplacement vers la grande manifestation qui allait avoir lieu, dans la zone Blanche de la Grande Ville, deux samedis plus tard. Alain retrouva alors son ancien monde, son ancien lieu de vie, cette richesse, cette sublime architecture, ces lieux culturels et ces monuments qui attiraient les touristes du monde entier. Alain, bien que dans la peau d'un autre, était maintenant dans son élément. Sur son terrain. C'était son moment. Les milliers de manifestants se regroupaient, au fur et à mesure, en plein centre, dans le quartier financier, où des hordes de policiers en armures les attendaient au tournant. Il vit ses collègues du Froid débarquer, les visages cagoulés, la haine dans les yeux, l'adrénaline dans le sang, et le poids d'une vie qu'il était temps de balancer loin devant. Le seul qui n'était présent, c'était le chef, le molosse en treillis, pour qui ces revendications populaires ne trouvaient aucun écho. Qu'importe, Alain avait à ses mains l'essentiel. Tous se regroupaient au milieu des groupes remplissant la Place de la Resistance, lieu hautement symbolique, faisant grimper la tension, voyant rouge écarlate face à ces hommes en armure qui symbolisaient le dernier rempart d'une pyramide qui ne tenait sur rien. Alain encourageait les uns, endoctrinait les autres, faisait parler son talent d'orateur pour faire ressortir et vibrer leurs souffrances et animer la rage au cœur pour ne jamais plier. Les milliers de manifestants avançaient, pas à pas, vers l'entrée d'une rue qui leur était interdite, et voyaient alors s'amasser les hommes en armure, se dresser face aux barricades et les affronter sans vergogne. Des insultes, des jets de pierres, de bouteilles d'alcool, de cocktails molotov pleuvaient dans cette place qui se transformait doucement en champ de bataille. En face, des jets d'eaux et des bombes lacrymogènes explosaient aux visages des hommes et des femmes, les premiers coups de matraques fusaient, déclenchant alors la colère vive, la rage unanime, le chaos et la guerre urbaine. Tous se rendirent coup pour coup, la fumée fut irrespirable, fragilisant la vue, pendant que les combats faisaient rage avec violence et une intensité folle. Alain assistait à ce spectacle presque apocalyptique tel un entraineur encadrant et dirigeant son équipe à la victoire. Il se mettait légèrement en retrait, engueulait certains, motivait les autres, et hurlait ses consignes pour avancer et faire face au bloc. Il vit alors Luis, son collègue et ami portugais, sauter du toit d'une voiture et partir en véritable combat de boxe avec un policier, faisant reculer les six autres qui se tenaient juste derrière, pris par une force venue d'ailleurs, une technique impressionnante, une précision dans chaque coup qui semblaient avoir fait leurs armes durant sa jeunesse de délinquant, au Portugal, de ses années perdues avant que la foi lui guide un chemin, à minima, honnête et constructif. Des centaines de manifestants scandaient, à chaque frappe qu'il envoyait, l'encourageant à continuer, à ne rien lâcher, tous se tenant derrière lui comme pour le couvrir et le pousser à avancer, mètre après mètre, jusqu'à l'entrée interdite. Par la puissance des coups, les policiers ne pouvaient faire autrement que de reculer et de s'éloigner, faisant de Luis un véritable symbole de cette lutte animale et sans pitié. Ces policiers vivaient la même vie, souffraient des mêmes maux, logeaient dans les mêmes quartiers, mais leurs choix de porter l'uniforme et de défendre la République les positionnaient ce jour-là en adversaires, en ennemis. Telle était la tragédie, le pathétique de cette guerre, voyant des semblables s'entretuer pendant que les véritables responsables jubilaient au fond de leur canapé de velours. Alain, justement, s'extasiait devant ce spectacle, cette performance sensationnelle que venait d'offrir son ami. Cela confirmait ce qu'il avait pressenti depuis le début, à son propos. Il l'avait utilisé à la perfection. Alain commença à s'enorgueillir, mais se rappela qu'il n'en était qu'au début et que le plus difficile restait à faire. Il lui fallait maintenant créer des groupes envoyés en des endroits stratégiques. Faire diversion pour attaquer là où ils ne les attendraient pas, et frapper vite et fort. Alain observait les combats avec attention et pragmatisme. Il étudiait les profils, tentait de cerner des potentiels. Il cherchait les loups, car il lui fallait créer et développer sa meute. Les minutes passaient, les combats devenaient de plus en plus intenses, et Alain commençait à discerner des équipes, des maillons forts qu'il pouvait exploiter. Il avança alors rapidement vers le nœud de l'attroupement, se teint en hauteur, porté par un muret, et prit la parole. D'un ton assuré, du haut de son verbe qu'il maitrisait à la perfection, d'un rythme fluide et calculé, chaque mot frappait les esprits plus que les coups des policiers. Tous l'écoutaient et voyaient en lui leur leader, celui qui les mènerait au but suprême. Eux savaient en cet instant qu'ils avaient désormais besoin de lui, autant que lui avait besoin de leurs forces. Face à leur adhérence soudaine, Alain créa trois groupes. L'un devant aller à l'affront des blocs de policiers qui se situaient deux rues plus loin, zone menant, à quelques centaines de mètres, au Ministère de l'Intérieur ; pendant que le second groupe devait se disperser par l'ouest de la ville, en respectant les règles minutieusement énumérées par Alain pour ne pas être tracés, afin de se regrouper au moment stratégique, lorsque les forces policières seraient amoindries, pour encercler, avec le troisième groupe, qui, lui, devra se disperser à l'Est, passant par la zone Bleue pour ensuite revenir au nord, le secteur du Palais Présidentiel, et tenter de s'y introduire. Alain demanda à ceux n'étant pas choisi dans ces trois groupes si, parmi eux, se trouvaient des êtres doués en piratage informatique. Trois d'entre eux levèrent la main. Eux devaient se cacher en un lieu qu'il avait déjà établi à l'avance, afin de cour circuiter le système, empêcher la transmission d'informations, de communications, afin de compliquer le traçage et le regroupement des forces, et connaitre à l'avance les stratégies de maintiens de l'ordre, mises sur écoute. Tout était fin prêt, des cris enragés résonnaient, des poings furent levés en l'air, lorsqu'Alain, accaparé par la captation de la foule, se trouva dans un état second et hurla :

« Suivez-moi car ainsi nous retrouverons notre indépendance ! Ainsi, nous offrirons un monde meilleur à nos enfants ! Ainsi nous vaincrons cette oligarchie qui nous détruit en chaque instant ! Oui, nous le ferons ! Nous vaincrons, car C'EST NOTRE PROJET ! » hurlant de toutes ses tripes, les veines apparaissant sur son front, les bras levés, les mains ouvertes, acclamé par une foule le regardant désormais tel un prophète. Des heures durant, la bataille fit rage. Aux pieds du Monument de la Victoire, le premier groupe, rempli de solides gaillards et de casseurs invétérés, affrontait les forces de l'ordre au milieu d'un tumulte sans précédent. Des nuages de fumée déambulaient froidement au milieu des hommes, des barrières en ferrailles volaient, des pavés filaient en abondance, des flammes jaillissaient, des cris et des chants guerriers entonnaient les rues, et les coups se répondaient de tous les côtés. Les médias étaient sur les lieux, filmant, traquant chaque geste, chaque évènement qui pouvait captiver encore davantage l'audimat. Alain se tenait de l'autre côté, dans l'angle de la rue, bras croisés, le visage fermé, déterminé, ne montrant pas une once d'émotion dans les yeux, pas un soupçon de compromis ni de capitulation.

« Les émeutes sont d'une violence comme nous n'en avions plus vu depuis très longtemps ! » commenta un journaliste, à son micro, devant des combats virulents à quelques dizaines de mètres derrière lui.

« Les blessés se multiplient, nous n'avons pas encore les chiffres exacts, mais il semblerait que la Police en compte déjà une trentaine à l'heure actuelle. » informe-t-il.

« Alexandre ! » interrompit alors le présentateur, sur le plateau télé, menant le duplex.

« Regardez derrière vous, à votre gauche, un peu plus bas dans la rue, là-bas ! » ordonna-t-il, d'un ton excité. Le journaliste sur place s'exécuta. La caméra zooma sur Duchesne.

« Qui est cet homme ? » demanda le journaliste sur le plateau.

« Je… Je l'ignore, Benoit. Je l'ignore, mais c'est une question qui se pose, effectivement. Une question à laquelle nous allons tâcher d'y répondre très vite. » conclut le journaliste sur place, l'air intrigué, le visage grave. Alain resta à l'écran un long instant, le visage concentré, le regard tourné vers les combats, ne les lâchant pas une demi-seconde, comme guidant ses troupes à distance.

La nuit tomba sur la Grande Ville. Le feu et les cendres devenaient le nouveau soleil. Tout le monde semblait sur les rotules. Les policiers se battaient depuis plus de dix heures, sans relâche, sous le poids des armures, l'air de plus en plus étouffant, sous les projectiles de pierres, de briques, de bouteilles et d'acide qu'ils recevaient à foison. Ils étaient le dernier bouclier face à l'insurrection. Ils se devaient de tenir bon. Ne pas se poser de questions. Ne pas se demander comment l'on pouvait en arriver à combattre le peuple, lorsque l'on s'était engagé à le protéger. Comment des hommes et des femmes, des pères et des mères de famille, des grands-parents et des jeunes, en venaient à mener bataille pour survivre et faire entendre leurs voix, dans un pays qui entendait défendre l'égalité et la démocratie. Non, ne surtout pas se poser de questions. Les ordres étaient les ordres. Ils étaient la seule boussole. Les deux autres groupes se regroupaient, chacun de leur côté, pendant que les systèmes informatiques des renseignements se voyaient mis à mal. Les centaines de manifestants composant chaque groupe s'unissaient et se mélangeaient maintenant, courant et criant à pleines gorges vers le Palais Présidentiel, qui n'était plus qu'à deux cent mètres. Pendant ce temps, le Ministère était déjà envahi, de l'autre côté de la ville. Le service de sécurité et l'armée se tenaient aux abords du Palais, armes pointées vers l'avant, au milieu de quelques policiers encore en sous-effectif, appréhendant le pire. Alain se positionna en premier de peloton, menant la barque de la terreur et de la destruction. Il scanda : « A bas Blanchard ! A bas Blanchard ! » d'une rage absolue, repris par les mille voix, et tous avançaient avec panache et détermination vers l'entrée du Palais qui n'avait jamais semblé aussi proche.

« C'est lui, le meneur ? » demanda un des policiers, l'œil dans le viseur de son flashball.

« Oui, c'est lui. Neutralisez-le. » répondit froidement le chef de la sécurité présidentielle, à sa gauche, intrépide et sans expression. Tous braquèrent alors leurs armes, pendant que la masse de manifestants s'approchait. Alain vit alors ce policier le fixer, diriger le flash-ball droit sur lui, visant haut, et eut une seconde, deux tout au plus, pour comprendre. Il était cuit. C'en était fini pour lui. Un tir éclata, et Alain s'écroula violemment le dos contre le pavé. Il n'entendit plus le moindre son, sa vision était embrouillée, avant de s'effacer dans le néant et l'obscurité. Il s'entendit respirer frénétiquement, haletant chaque bouffée d'air, se voyant perdre ses sens les uns après les autres. Soudain, tout s'arrêta aussi vite que l'on souffla sur une bougie. Alain n'était plus. La nuit eut raison de lui.

« Monsieur ? Monsieur, vous m'entendez ? » résonna une voix, de façon brouillonne. L'écran restait noir. Pas le moindre mouvement. « Il a l'air éveillé… Monsieur Duchesne, est ce que vous m'entendez ? » s'ajouta alors une voix plus masculine, plus franche et plus autoritaire, semblant étrangement familière. Alain ouvrit les yeux, mais ne distingua que des silhouettes vagues. Il se frotta les paupières, et vit alors Blanchard, à sa gauche, l'air apeuré, l'observant sans relâche, pendant que le Général Malleuvre se tenait à sa droite, le visage fermé, le regard dur, la mâchoire serrée, semblant toutefois soulagé du réveil d'Alain. « Ah, vous êtes enfin de retour parmi nous ! » lâcha alors le gradé, sans sourire. Tout autour, la pièce était sombre, exiguë, les murs grisâtres et une ampoule se balançant lentement au milieu du lieu offrait une photographie mélancolique et quelque peu sournoise.

« Où sommes-nous ? » demanda alors Alain Duchesne, d'une petite voix.

« Dans un bunker. Nous sommes à l'abris, ne vous en faites pas. » répondit le Général, d'un ton assuré. Alain tenta alors de se relever, difficilement, rapidement aidé par ses deux camarades, lui prenant chacun un bras pour le remettre sur pieds. « Que m'est-il arrivé ? » interrogea Alain, l'expression vulnérable. « Vous avez perdu connaissance. On vous a transporté via un hélicoptère, qui vous attendait à l'arrière cours du Palais, puis exilé ici, dans ce bunker sous-terrain, sur la côte Ouest maritime.» informa le Général. Alain contempla alors la pièce, l'environnement, dans cette atmosphère renfermée. Tout à coup, des bruits de pas semblaient venir de la porte, une voix féminine se faisait entendre. Lorsque la porte s'ouvrit, Alain eut un sourire des plus radieux.

« Marie-Jeanne ! » cria-t-il, le visage brusquement lumineux. Derrière elle se trouvaient Léopold et Louis, les deux jeunes. Marie-Jeanne était vêtue de toute son élégance subtile, portant une robe haute-couture taillée sur mesure, le cou décoré d'un collier de diamants, et les cheveux impeccablement peignés. Léopold portait une chemise blanche cintrée et un pantalon noir en chino. Louis était lui vêtu d'une chemise bleu, et d'un jean Levi's. Tous les trois se ruaient sur Alain, se prenant dans les bras avec émotion. « Je suis tellement heureux de vous retrouver ! » lâcha Alain, les yeux humides, la voix émotive.

« Moi aussi, mon chéri ! » répliqua Marie-Jeanne, se posant sur son épaule. Un doute le prit toutefois. Comme si tout cela paraissait trop beau pour être réel.

« Rassure-moi, chérie… Je… Je suis bien Président de la République, n'est-ce pas ? » demanda-t-il alors timidement. Elle le regarda dans le blanc des yeux, surprise. Il eut une terrible inquiétude, appréhendant sa réponse. « Bah évidemment, voyons! Tu ne crois quand même pas que ces illuminés vont te remplacer comme ça ?! » répondit-t-elle franchement, provoquant un soupir de soulagement profond. Ce cauchemar qu'il venait de vivre était désormais de l'histoire ancienne. Il avait finalement retrouvé sa vie, retrouvé la place qui était la sienne, durement gagnée. Il hésita à raconter cette expérience surnaturelle à son épouse, comme d'un rêve bien trop réaliste et dont on préfère rire pour en éloigner les questionnements et les peurs qu'il révèle au sommet de l'Iceberg. Lorsqu'il demanda l'attention de sa femme, il fut interrompu par Blanchard :

« Je suis désolé de couper ce moment de retrouvailles, monsieur le Président, » commença-t-il,

« Mais la situation est absolument chaotique, dans la Grande Ville, et, sans réponse forte de votre part, cela risque de s'aggraver encore davantage. » expliqua-t-il, sous le regard méfiant de Duchesne.

« Et quelle réponse dois-je apporter ? » demanda-t-il, d'un ton sec, le regard tendu.

177

« Un discours serait un bon début. Un discours rassembleur, apaisant les tensions. Un discours sincère, qui permettrait au peuple de voir un début de sortie de crise. Qui leur donnerait de l'espoir » répondit Blanchard, marquant un point unanime. Alain ne répondit pas. Il le regarda sans véritablement le regarder, projetant plutôt dans son esprit la suite des évènements, les différentes éventualités.

« Il y a une caméra ? Un micro ? » demanda-t-il, affichant alors son approbation. Blanchard sourit de satisfaction. « Une équipe télé a fait le trajet avec nous. Je n'ai qu'un mot à leur dire, et tout sera prêt dans les meilleurs délais. »

« Très bien. » répondit alors sobrement Alain, le regard porté vers l'avant. Faire un discours rassembleur… Quelle drôle d'idée ! Mais Blanchard avait raison, pour apaiser les tensions et avoir une chance de retrouver son palais, de s'y asseoir de nouveau à la meilleure place, il lui fallait prendre la parole et offrir un message de paix, de réconciliation, et d'espérance. De plus, ce rêve éveillé où Alain s'était vu évoluer dans la peau d'un autre, au milieu du peuple modeste et « périphérique », lui a ouvert les yeux, lui a permis d'humaniser davantage ces gens, de mieux les comprendre, et donc les considérer. Voir Marie-Jeanne tomber en larmes face aux factures mirobolantes eut bien failli lui déchirer le cœur. Voir sa famille n'être plus que l'ombre d'elle-même, dans une sorte de réalité parallèle finissait de l'enfoncer six pieds sous terre… Peut-être était-ce le moment de revoir ses convictions, de se remettre en question de fond en comble, et se demander si, dans les livres d'histoires, il serait heureux d'y figurer comme un Président ayant fracturé son peuple en mille morceaux. Alain Duchesne savait qu'il était doué, qu'il était parfois le plus raisonnable de tous et le plus à même de diriger et mener la barque en ces temps de crises, surtout lorsqu'il observait le niveau de son opposition qui lui causait des hilarités à répétition… Mais s'il voulait être à la hauteur de son ambition, il se devait d'assumer ses erreurs, parfois terribles, modifier l'orientation de sa vision globale, gagner en assurance et en force de conviction là où il lui en manquait péniblement, et se permettre de douter et donc d'écouter là où tout semblait écrit et inamovible. Alain voulait être un Grand Président, afin d'être vu comme un héros, un homme fort par la Commission Européenne, cette institution dont le drapeau étoilé lui provoquait des fourmillements instantanés dans le bas ventre. Ce discours était une chance de monter sur la première marche de l'escalier céleste. Ce discours pouvait tout chambouler à jamais dans son existence.

« Mes chers compatriotes, » débuta-t-il, l'air grave, les mains allongées sur le bureau.

« En ces temps troublés, agités, d'un niveau de tension que la France n'avait plus connue depuis des décennies ; je veux, en ce jour, vous exprimer ma pensée et ce qu'il adviendra à l'avenir pour vous, pour nous tous, pour notre pays. » continua-t-il, le regard fixe, la posture travaillée, le langage corporel difficilement déchiffrable. « En effet, mes chers concitoyens, je dois vous avouer une confidence… Les évènements récents particulièrement sombres, violents, à la limite de l'anarchie, m'ont poussé à l'introspection, à revoir mon calcul, à m'interroger sur le sens profond de mes actions. » lâcha-t-il, sous la surprise de Blanchard et de toute l'équipe, bouches bée, derrière la caméra et le set télé.

« Comment des travailleurs, des retraités, des étudiants, d'honnêtes citoyens peuvent, un jour, subitement en arriver à un tel état de saturation, au point de céder à la violence, à la rage, et à un climat insurrectionnel ? Qu'est-ce que cela peut bien révéler de notre société et de notre système ? » s'interrogea-t-il alors. « Loin de moi l'idée de vouloir cautionner ni excuser les exactions commises durant ces émeutes, je les condamnerai toujours avec la même fermeté. Mais aujourd'hui, chamboulé d'une expérience hors du commun, marquante en tous points, je dois vous affirmer une chose, des plus primordiales : **Je vous ai compris.** » martela-t-il plus lentement, accentuant chaque mot.

« Oui, je vous ai compris, à travers votre colère rugissante, voyant en vous des hommes et des femmes écœurés, lasses de vous battre dans l'ombre chaque jour de votre vie pour ne récolter que de la souffrance, du mépris, du mensonge et un acharnement de plus en plus impitoyable. Je vous ai compris, à travers vos fins de mois qui commencent le 15, vos angoisses à la vue du découvert bancaire, de la prochaine facture, du montant affiché à la caisse du supermarché... A travers vos difficultés à bénéficier de soins médicaux, notamment en zones rurales, vous poussant souvent à traverser des dizaines de kilomètres pour trouver un médecin, et traverser une région entière, parfois, pour vous rendre chez un spécialiste. » décrivit Alain, lancé, des plus à l'aise, sous les regards éberlués des hommes présents autour de lui. Il continua de citer chaque catégorie de citoyens, les jeunes dans la difficulté, les retraités précaires, les mères célibataires, et plus globalement cette classe moyenne agonisante, en voie de disparition, victime collatérale d'un libéralisme fou et déshumanisé. Au fil de son allocution, Duchesne se laissa porter, gesticulant les mains, se prenant à lever un bras, haussant la voix, comme véritablement pris par ses mots, habité par sa prose, et convaincu par sa pensée. Tout autour, la dizaine de collaborateurs l'observait, l'écoutait, peinant à reconnaitre l'homme qui se tenait devant eux. De l'autre côté de l'écran, le peuple se tut. Le silence reignat, le pays tout entier fut suspendu à sa parole. Ils découvraient alors un Alain Duchesne sensible, visiblement sincère, parlant de leurs vies avec justesse, comprenant leurs craintes, leurs doutes, leurs mauvais jours, leurs colères chaudes… Comme il ne l'avait encore jamais fait. « Mes chers compatriotes, je vous demande en mon nom et au nom de la France de ne pas désespérer, de ne pas vous laisser porter par les carcans du populisme, de la haine et du ressentiment, car demain est un jour nouveau. Demain est un jour où un nouveau monde naitra sous nos yeux, » enchaina-t-il avec rythme et une couleur dans la voix, usant quelque peu de ses talents d'acteur.

« Un monde où ceux qui entreprennent, qui créer, qui bâtissent et qui développent des activités, des sociétés, et ainsi s'enrichissent et créer de l'emploi, puissent dialoguer de façon amicale et construite, sans heurt, sans rancœur ni condescendance avec ceux qui travaillent pour subvenir à leurs besoins et nourrir leur famille sans rien demander d'autre que de vivre en paix, en fraternité et en tranquillité. »,

« Un monde où celui ou celle qui veut s'élever, progresser, socialement, intellectuellement, humainement, puisse compter sur le soutien absolu de l'Etat et de son éducation pour lui offrir, quel que soit son origine, son sexe, son âge, et son milieu social, une chance de devenir l'homme ou la femme qu'il ou elle aspire à devenir. L'espoir d'une vie meilleure est notre quête à tous, nous qui sommes humains, c'est cet espoir qui nous pousse à nous surpasser, à nous révéler, à travailler d'arrache-pied, à pousser les limites au-delà du possible. Cet espoir, je veux que chacun et chacune d'entre vous le possède, en vous, dans vos cœurs, et qu'il vous guide à chacun de vos pas, vous permettant d'affronter les montagnes que vous aurez à gravir. » lança-t-il, le poing fermé, l'expression solide. « Je veux voir, demain, un monde nouveau, où le travailleur récoltera les fruits de son dur labeur, et protégera sa famille de la souffrance, de la précarité, et de la déchéance. Je veux voir, demain, un monde nouveau où notre planète sera écoutée, où ses ressources seront consommées avec intelligence, modération et respect, de façon à ne produire que ce dont nous avons réellement besoin, et investissant massivement dans les énergies renouvelables, car notre planète est notre seule demeure, notre seule maison. Elle nous a été offerte sublime et majestueuse, il est de notre devoir d'être digne des responsabilités et de l'exigence qui nous sont portées.» Pendant plusieurs minutes, Alain se prit d'adrénaline, montant crescendo, vivant son texte tel un comédien de théâtre, appelant à vaincre l'oppression, l'injustice, la malhonnêteté, l'insécurité, et le déclin sous toutes les formes possibles. Vint ensuite le moment de passer à l'attaque, d'annoncer les mesures allant dans le sens des idées exprimées. La Réforme Emploi supprimée, blocus sur les prix des énergies et du carburant, augmentation drastique du salaire minimum, baisse des taxes et impôts en tous genres, tant pour les salariés que pour les petites entreprises, plan de relance pour réoxygéner nos services publics, plan de restructuration du monde du travail pour le rendre plus humain et plus juste, plan de refondation de l'école publique, plan écologique des plus ambitieux, changement de philosophie considérable en terme de productions et d'exploitations… Blanchard l'écoutait avec des yeux d'enfant. Même le Général Malleuvre, habituellement impassible, changeait d'expression, le regardait de façon enthousiaste, visiblement touché dans son cœur de pierre.

« Ensemble, construisons cette France que nous voulons, que nous aimons, que nous chérissons ! Pour que vive ce rêve en chacun de nous et que soient sublimées les valeurs qui ont défini notre nation, entamons ce combat ! Soyons les soldats d'une guerre de délivrance, soyons un exemple pour nos voisins et les générations qui nous succéderons, et ensemble, bâtissons un monde nouveau, empli de justice, de paix et d'espérance ! Soyons le miracle, soyons la renaissance ! Vive la République, Vive la France ! »

« Coupez ! »

« Alors, vous pensez qu'ils y ont cru ? » demanda Alain, le sourire joueur, à Blanchard. Un silence prit place et glaça la pièce. « Comment cela ? » rétorqua-t-il, baissant son sourire.

« Non… Ne me dites pas que… Vous y avez cru, vous aussi ? » s'amusa Duchesne, riant d'un rire moqueur et supérieur. Blanchard ne répondit pas, se contenta de le fixer du regard, dévasté.

« Ah, je suis vraiment trop fort ! Et vous, trop naïf, Blanchard ! » ajouta-t-il, s'affaissant dans son siège, se maintenant nonchalamment la nuque à l'aide de ses mains.

« Pfiou ! Ces histoires m'ont donné une de ces patates ! Vous n'imaginez même pas ! Je me demande comment je pourrais emmerder un peu les vauxrien ? » lâcha-t-il, le sourire aux lèvres.

« Je... Je vous le déconseille, monsieur le Président. » répondit Blanchard, visiblement dépité.

« Depuis quand ai-je besoin de votre avis ? » balança violemment Duchesne à la face de son conseiller, l'assommant de tout son être.

« D'ailleurs, vous êtes viré. Vous me sortez par les trous de nez. Je ne vous supporte plus.» finit-il d'achever, sans pitié. Blanchard eut les yeux écarquillés, son teint pâlit aussitôt.

« Mais ! Mais enfin ! Je... » balbutia-t-il, pris par le choc.

« Ne vous inquiétez pas, Blanchard ! » ajouta le Président d'un ton méprisant, sourire malsain,

« Je n'ai qu'à traverser la rue et je vous en retrouve, du travail, moi ! »

« Oui ? Vous feriez cela pour moi ? » supplia presque le conseiller, les yeux humides, l'air fébrile.

« Non. Vous pouvez disposer. »

Blanchard, en cet instant, se demandait comment il pouvait encore tenir sur ses deux jambes. Son monde venait de s'écrouler, il était frappé par une multitudes d'émotions, l'asphyxiant littéralement face au regard froid du Président, en qui il avait donné sa vie, sa confiance, ses espoirs, et tout ce qu'il possédait. Au même moment, à la Grande Ville, le peuple chantait la joie, dansait la liberté, manifestants et policiers se prenaient dans les bras, jeunes et vieux riaient ensembles, hommes et femmes s'aimaient d'ivresse, prolétaires et bourgeois se serraient la main, français de souches et issus de l'immigration se taquinaient comme d'anciens ennemis finalement réconciliés… Pour combien de temps ? Le peuple vivait d'illusions, sans savoir qu'il allait bientôt subir la hache d'un système politique ayant trop apprécié le goût du jeu. Jouer de leur simplicité, jouer de leur fragilité, jouer de leur innocence… Alain n'avait, en vérité, rien appris de son expérience. Cette étrange histoire devait rester un simple cauchemar, une hallucination, une anecdote sans importance. Ce qui comptait désormais était le fait qu'il était revenu à la danse. La danse des grands, des puissants de ce monde. Il se tenait comme un enfant gâté, faisant montre de son imbuvable arrogance, celle d'un golden boy à qui tout réussissait, que l'on aimait détester tout en lui offrant les clés, un visage dont chaque trait signifiait la lumière, mais dont l'âme n'y percevait que les ténèbres. Oui, Alain Duchesne était bien redevenu Alain Duchesne. Pour le meilleur, parfois… Mais surtout pour le pire.

FACE AU SILENCE

IV

Mathieu s'était levé ce matin-là comme un jour ordinaire. Il prenait son petit-déjeuner, les yeux vers le paysage nuageux qu'offrait la fenêtre de la cuisine, où des immeubles meublaient la vue, harmonieux, relativement bas et colorés de lumières, en ce jeudi qui débutait froidement, aux aurores d'un soleil hivernal qui peinait à se montrer. Mathieu buvait sa tasse de café, écoutant les nouvelles à la radio, en contemplant, l'esprit dans le vague, ces vies inconnues et pourtant si familières visibles dans l'immeuble d'en face, dans ce quartier plutôt animé de la zone Verte, soit la zone résidentielle, étudiante, et particulièrement boisée de la Grande Ville. Emeline, sa petite-amie, entra dans la cuisine, baillant allègrement, les cheveux en désordre, vêtue d'un mini-short en pyjama et d'un maillot de corps à bretelles.

« Ça va, chaton ? » demanda-t-elle avant de l'embrasser, faisant les petits yeux. Mathieu acquiesça d'un hochement de tête, finissant sa tasse, avant de se lever de sa chaise et de se diriger vers l'évier. Il quitta la cuisine, courant précipitamment à travers le couloir pour vite se préparer en cette nouvelle journée qui commençait. Vingt minutes plus tard, il retourna dans la cuisine, vêtu d'un bonnet noir, d'un anorak gris clair à capuche, cachant un costume cintré juste en dessous, tenant une sacoche en bandoulière à l'épaule gauche. « J'y vais ! Passe une bonne journée, mon chat ! » dit-il, esquissant un sourire rapide.

« Merci ! Toi aussi ! A ce soir, chaton ! Ah, et tu n'oublieras pas de prendre du lait, s'il te plait ?» répondit-elle, une tasse de thé à la main. « Ça marche ! Allez, je file ! Bisous !" répondit-il en partant en quatrième vitesse. Mathieu déballa les escaliers, puis marcha avec rythme dans la rue, se dirigeant vers le métro, direction le quartier financier de la Zone Blanche. Il y travaillait comme salarié, dans une grande banque d'affaires, une des plus réputées du secteur. Il avait réussi à trouver une place dans cette entreprise très prisée des jeunes diplômés, après avoir effectué un stage durant six mois où il avait fait montre de ses talents et de son tempérament pour le moins tenace et ambitieux. Il se souvenait du jour de la signature du contrat dans les moindres détails. La poignée de main solide du directeur, ce « bienvenue dans la famille » qui résonnait encore dans son esprit… Ces images l'emplissaient d'une fierté indescriptible. Lui qui avait grandi au Village, petit-fils d'ouvriers ayant travaillé au charbon toute leur vie, fils d'un peintre en bâtiment ayant sacrifié son confort à maintes reprises pour financer les études de son fils, et d'une mère institutrice, qui lui aura donné le goût de l'apprentissage, du savoir, et des livres. Oui, chaque matin, Mathieu courait après cette vie qu'il avait rêvé durant toutes ses jeunes années, et qui désormais était à portée de main. A 25 ans, toutes les étoiles semblaient alignées, dirigées vers un avenir lumineux, prometteur, où tous ses espoirs, tous ses désirs les plus ardents verraient le jour pas à pas, marche après marche, qui le porteraient enfin sur l'estrade du bonheur. Mathieu courait dans le hall du métro, au rez-de-chaussée de la gare Verte, zigzaguant abruptement entre les gens, dans un stress palpable complètement démesuré. Il inséra son ticket dans la machine, la portière s'ouvrit, et courut frénétiquement, au milieu de dizaines et dizaines d'autres travailleurs, à travers les couloirs blanchâtres, arpentés de publicités pour des spectacles humoristiques ou des films bientôt à l'affiche. Mathieu n'y faisait plus attention, il ne voyait plus les murs, ni les gens, ni les miséreux qui faisaient la manche à chaque virage, non. Il courait de façon robotique, mécanique, dans une routine chronométrée, où chaque ralentissement devenait une source de colère et de frustration qui pouvaient déjà ruiner la journée. Il montait les escaliers en sautant les marches deux par deux avec énergie, continuait de zigzaguer entre les gens qui avançaient trop lentement pour lui, se dirigeait vers la Ligne 2, direction Place de la Résistance. Il descendit le dernier escalier, d'une douzaine de marches, en des pas saccadés et raccourcis, dans une précipitation telle qu'il en fit tomber le livre qu'il avait à la main, « La Chute » d'Albert Camus, qu'il lisait sur le chemin, matin et soir. Il se courba afin de le rattraper, esquivant les jambes et les pieds des autres usagers, prêts à piétiner le livre si cela leur permettait de gagner cinq secondes de plus. Le quai était situé juste en bas de l'escalier, le métro était déjà là, les portes étaient encore ouvertes, lorsque la sonnette se fit entendre, indiquant leur fermeture et le départ du transport sous-terrain. Mathieu récupéra enfin le bouquin, le cornant légèrement dans la fougue, et descendit les dernières marches qui lui restaient avec encore plus de rythme et de frénésie. Au moment d'atteindre le quai, il vit les portes se refermer, la lumière jaune clignoter en hauteur, et le métro repartir. Mathieu fit un geste de dépit, soupirant, levant les yeux vers l'écran d'indication, informant que le métro suivant arriverait trois minutes plus tard. Mathieu regarda sa montre, quand, soudain, une énorme explosion retentit. Un bruit faramineux sauta aux oreilles, un souffle monumental fit voler des corps comme des détritus, des flammes surgirent du métro qui semblait se décomposer en une fraction de seconde, une trentaine de mètres plus loin, sur la droite, aux abords du tunnel noir. Une fumée empestait les lieux, masquait peu à peu la visibilité. Des débris, des morceaux de taule volaient de tous les côtés, assommaient et découpaient certains usagers, s'écroulant au sol en un claquement de doigts. Mathieu resta debout, statique, les yeux écarquillés, paralysé par une peur violente, consumant son être tout entier, toussant de façon répétée, n'entendant plus qu'un sifflement aigu et douloureux dans l'oreille. Le silence s'abattit sur ce quai, la vie semblait s'être évaporée. Mathieu regarda les corps autour de lui, et les autres rescapés, enroulés tel des fœtus à même le sol, les mains sur les oreilles, redevenant des enfants apeurés le temps d'un instant. Une femme hurlait, la jambe fortement ensanglantée, des coups retentissaient alors, semblant venir du métro, où des gens tentaient d'en sortir, asphyxiés par la fumée sombre qui décorait l'espace d'une noirceur abyssale. La visibilité était brouillée, l'on n'apercevait maintenant plus que des silhouettes clairsemées. Tout le monde toussait, crachait ses poumons, certains se relevaient, gigotaient de droite à gauche, essayant de comprendre, essayant de trouver une issue. Mathieu observa autour de lui, vit un corps déchiqueté allongé sur les rails, à quelques mètres seulement. Le cadavre avait les yeux ouverts et semblait le fixer. Il entendit plusieurs personnes bondir sur les marches qui permettaient de quitter ce quai, se couvrant les voies respiratoires avec la main ou leur veste, leur manteau, hurlant aux autres de les suivre immédiatement avant que la situation s'aggrave encore. Mathieu s'exécuta mais ne sentait plus ses jambes. Il ne se sentait plus vivre. Il respirait encore, c'était là sa seule certitude. Il commença à monter les marches dont la fumée obstruait la vue, lorsque retentit une forte et profonde alarme d'alerte, résonnant dans l'ensemble du sous-terrain. Tout le monde affluait à travers les escaliers puis les couloirs, en sens inverse désormais, se ruant vers une sortie, la moindre once de lumière qui proviendrait de l'extérieur. Des hommes se bousculaient, se piétinaient presque. La fumée commençait à envahir le premier couloir, brouillant la vision et causant des toux incontrôlables. Mathieu tentait de se frayer un chemin, jouant des coudes, se balançant d'un mur à l'autre, pendant que continuait de hurler l'alarme partout autour. Après trois virages, deux descentes d'escaliers, et un dernier couloir, la lumière du jour fit son apparition au loin, en haut d'un dernier escalier, d'une dernière épreuve avant la liberté. Mathieu se trouvait à mi-chemin, au milieu de l'allée, à une dizaine de mètres de la première marche, lorsqu'il entendit un violent coup de feu, ressemblant étrangement à un pétard, venant de la rue, juste en face. Trois personnes, deux hommes et une femme, commençaient à monter les marches lorsqu'ils se jetèrent immédiatement au sol. Mathieu et les autres s'arrêtèrent alors brusquement, se bousculant parfois dans l'élan. Un deuxième coup de feu retentit, suivi d'une mitraillade sans temps mort. Des cris atroces surgirent de l'extérieur, pendant que la fumée embrumait considérablement le lieu, poussant Mathieu et tous les autres à se protéger de leur manteau ou de ce qu'ils pouvaient avoir sous la main pour respirer, tant l'air devenait épouvantable. Un silence se fit alors sentir. Plus aucun tir, plus aucun cri. Les hommes se regardèrent, comme pour attendre un signal qui ne viendrait que d'eux-mêmes. L'un des deux hommes allongés au bas des marches se décida alors à avancer, rampant lentement, marche après marche, sous les regards terrorisés des autres usagers. Mathieu le fixa avec appréhension, ne bougeant pas d'un fil. Il vit l'homme gravir la dernière marche, se redresser et partir en courant, lorsqu'un coup de feu jaillit soudainement, semblant très proche, couchant l'homme d'un coup sec, le visage contre le béton. Une femme hurla de toutes ses tripes, lorsque les tirs se multiplièrent dans les escaliers, terrassant lâchement toutes les personnes qui s'y réfugiaient. Mathieu eut alors un mouvement de panique, se leva et hurla aux autres de le suivre, afin de retourner sur le quai et trouver l'issue de secours qui permettrait de se protéger et quitter la gare, rejoindre la ville, la rue, afin d'échapper enfin à ce tireur fou à lier. Tous se levèrent aussitôt et le suivirent, tous coururent aussi vite qu'ils le purent, malgré l'air irrespirable et la visibilité inexistante. Le trajet semblait interminable, tous ces virages ressemblaient à des punitions, ces escaliers devenaient insupportables, et plus ils avançaient vers le quai, plus l'obscurité envahissait les lieux. Certains chutaient sur les marches, et d'autres leur montaient dessus, la panique et la peur la plus absolue enivraient tous les êtres, les transformant et les désinhibant tout à coup. Mathieu arriva enfin de nouveau sur le quai, ne vit que des flammes embraser le métro, et d'immenses fumées semblant venir tout droit des ténèbres. Il toussa frénétiquement, s'époumonna, sous les raclements et les crachats de tous les autres, formant une chorale de l'agonie. Un homme hurla que l'on n'y voyait absolument rien, pendant que Mathieu et les autres continuèrent à chercher dans la hâte et la terreur.

« Il y a toujours une lumière verte au-dessus ! On devrait la voir ! » s'écria une femme, remotivant les troupes. Mathieu se dirigea vers le côté gauche, et tenta de discerner la moindre lueur, la moindre forme, au milieu de ce brouillard infernal. Tout à coup, il vit quelque chose, un peu plus loin. Un petit cube, contenant un symbole au milieu, mais il n'en était pas sûr, sa vision se troublant de plus en plus, perdant ses moyens dû au manque d'oxygène. Il lâcha un cri pour attirer l'attention des autres, leva la main et la dirigea vers la lumière, qui devint plus grande en s'y approchant peu à peu. Tous la virent et coururent précipitamment, se jetant à corps perdus sur ce dernier espoir. La porte se rapprocha enfin, chaque pas semblant durer une éternité dans ce calvaire des plus redoutables. Mathieu ouvrit cette porte avec force, la faisant balancer loin derrière lui, cognant presque l'homme à sa droite. Tout était noir, on n'y percevait que la forme d'un escalier. L'heure n'était plus à se poser de questions. Tous montèrent les marches à une vitesse ahurissante, suivant le chemin comme un guide incertain. Les jambes brûlaient, les gorges étaient sèches et irritées, mais cela n'avait aucune importance. Tout ce qui comptait en cet instant était de survivre. Les marches se succédèrent, tous montèrent en silence, essoufflés, pris d'adrénaline, s'accrochant à l'espérance d'une porte qui s'ouvrirait sur la ville, sur le monde, sur le soleil et la fin du cauchemar. Après plusieurs minutes d'une extrême intensité, l'issue semblait enfin apparaitre. Une porte, comportant le signe « issue de secours », et la lumière du jour illuminant discrètement les jointures. Mathieu n'était plus lui-même, il ne sentait plus son corps, ne savait plus ce qu'il faisait là, qui il était, quelle était sa vie… Il ne pensait plus, ne faisait rien d'autre que de sauver sa peau, coûte que coûte. Il posa sa main sur la portière, poussa avec hargne, aidé ensuite par deux autres hommes, se jetant dessus de tout leur poids. Le soleil brillait fort et aveugla tout le monde, le contraste avec l'obscurité étant si grand qu'il leur était d'abord impossible d'avancer en gardant pleinement les yeux ouverts. Mathieu sorti en premier, ferma les paupières cinq secondes, puis posa sa main au niveau de son front afin de pouvoir y voir avec plus de discernement. Tous s'arrêtèrent alors de stupeur. Mathieu cessa de respirer.

« Pose ton arme ! Pose ton arme ! » hurlèrent à pleines voix trois militaires, armes dressés vers l'avant, à un homme semblant à peine majeur, le regard noir, le sourire machiavélique, fixant Mathieu d'un air de psychopathe. Il tenait une kalachnikov dans les mains, et semblait ignorer les sommations des soldats, se tenant à moins de quinze mètres de lui. Mathieu resta tétanisé, comme immobile face à la mort. Le temps s'arrêta. Plus rien n'existait, plus rien ne vivait.

« Pose ton arme ! » continuèrent d'hurler les hommes en treillis, braquant leurs fusils d'assauts sur le jeune, la tension montant à son paroxysme. Mathieu ne baissa pas le regard, tous deux se fixèrent, comme communiquant par télépathie. Il fut subjugué par son expression. Comme si plus aucune humanité ne vivait en lui. Le jeune homme leva alors son arme en direction de Mathieu, les yeux exorbités, d'une froideur à en glacer le sang, lorsque une série de coups de feus retentirent aussitôt et virent le tueur fou brusquement foudroyé par les balles. Des cris se firent entendre, des cris d'effroi. Mathieu resta totalement figé, sidéré. Son regard ne quitta pas ce corps à-même le sol, dont le visage semblait encore sourire, arme à la main. Mathieu restait là, en plein milieu, sous la panique, les hurlements et les pleurs des gens autour, couverts de poussières, s'écroulant en sanglot ou se prenant dans les bras et il observa, le souffle rapide, les jambes lourdes, les militaires s'approcher du corps, vérifiant sa neutralisation, avant de se diriger vers les victimes. Des sirènes sonnèrent alors de toute part, des ambulances, des voitures de police, des camions de pompiers encerclèrent la rue. Une multitude de gens se ruaient, les larmes coulaient, les cris éclataient de douleur et d'une peur incommensurable, mais Mathieu, lui, en cet instant, était seul. Seul avec lui-même. Seul avec l'incompréhension, seul avec son silence. Il restait pantois, au milieu de la panique et de l'état de choc général, et s'enfermait alors dans une bulle solitaire, qui, sans le savoir encore, ne le quitterait probablement plus jamais. Mathieu ne reconnaissait plus l'être humain, ne reconnaissait plus la vie, ne percevait plus les couleurs. Plus rien n'avait le moindre sens. Plus rien ne serait comme avant. Le silence devenait son tombeau.

Dix ans plus tard. Mathieu prépara soigneusement une cagette de légumes, comme chaque lundi matin, remplie de ses plus belles carottes, ses plus belles tomates et quelques courgettes, cueillies directement de son grand potager, en sortant de sa petite maison autonome, fabriquée main, quelque part dans cet immense espace forestier que constituent Les Hautes Collines. De chez lui, la vue était absolument splendide. Des hauteurs, la nature semblait maitre des lieux, de son environnement, des plus fascinants. Mathieu aimait se tenir là, à admirer ce tableau magistral que lui offrait cette planète des plus parfaites. Les couleurs scintillaient, elles exprimaient la vie dans sa forme la plus noble, les arbres respiraient en paix, un immense lac faisait le bonheur des nageurs, où le soleil se reflétait chaque après-midi avec poésie, en ce printemps au climat estival. Au loin, l'on pouvait apercevoir le spectre de la Grande Ville, qui ne lui manquait pas le moins du monde. Voilà dix ans que Mathieu n'y avait plus remis les pieds. Après avoir enchainé les arrêts maladie, des crises d'angoisses terrifiantes, et une violente dépression, son employeur préférait mettre fin au contrat, car, selon ses mots « je veux bien comprendre mais on n'est pas là pour faire du social »… Une crise existentielle envoutait tant l'âme que l'esprit de Mathieu, qui s'était vu plongé dans le néant, dans un marasme, comme si tout ce auquel il avait cru depuis son plus jeune âge n'était rien de plus qu'un tissu de mensonges. Il ne reconnaissait plus son existence, ne savait plus ce qui comptait réellement pour lui, ses proches le voyaient devenir peu à peu un véritable inconnu sous un visage familier, et l'isolement ne fut que s'accroître durablement. Le silence était devenu son compagnon de route, d'une route de l'incertitude, du mal-être, et de la défiance. Il se sentait devenir fantomatique. Il n'était plus lui. Jusqu'au jour où il avait décidé de revenir marcher aux Hautes Collines, lieu où il aimait s'abandonner à des randonnées exaltantes durant son enfance, et qui, en cet instant, le ramena à la vérité. Les larmes avaient couler à flot, le poids s'était lentement détaché de son cœur écorché, et une évidence était alors venue à lui. « *C'est ici qu'est ma vie* ».

Il prit la cagettes et la déposa dans le coffre de sa voiture, et partit direction la Petite Ville, rendre visite à une dame particulièrement âgée qu'il connaissait depuis presque toujours, son défunt mari ayant été maçon et collègue de son père avant de partir à la retraite. Ce monsieur d'une gentillesse, d'une simplicité et d'une bienveillance admirables, avait aidé bénévolement les parents de Mathieu à remettre leur maison sur pieds et effectuer de lourds travaux suite à une inondation, lorsqu'il n'avait que dix ans. Depuis, le lien ne s'était jamais rompu. Comme une forme de reconnaissance qui s'exprimait par les gestes plus que par les mots. Retraitée et d'une santé peu reluisante, sa femme, madame Pasolini, qui l'avait depuis lors toujours traité comme son petit-fils, voyait son quotidien tourner entre les rendez-vous chez le médecin, les passages à la pharmacie, les feuilletons télévisuels, et les rares échanges avec des voisins ou de la famille, lorsque celle-ci, vivant dans une autre région, pouvait bien lui rendre visite. Veuve, ancienne femme de ménage, elle ne vivait de rien, ou de si peu, et attendait son tour, patiemment, vivant ses dernières années au passé, du temps où le bonheur ne tenait qu'à être entouré des gens qu'elle aimait d'un amour absolu, d'un amour qui permettait d'oublier la grisaille, la souffrance et le vide. Tout l'or du monde ne pouvait acheter cet amour, cette joie n'avait de prix. Désormais, le soleil, pour elle, s'appelait Mathieu.

« Comment allez-vous, madame Pasolini ? » demanda-t-il tout sourire, s'approchant de son immeuble, au quartier des Habitations Sociales, où elle l'attendait déjà au bord de sa fenêtre.

« Ah ! Mathieu ! Tu es là ! Entre, entre ! » s'exclama-t-elle, de son fort accent italien, faisant de grands signes dirigés vers la porte. Mathieu monta l'escalier, ouvrit la porte d'entrée de l'immeuble, traversa le couloir et se dirigea à la porte du fond du premier étage. Il s'arrêta à l'entrée, attendant la dame, la cagette dans les bras. Arrivant lentement de l'autre bout du couloir, elle lâcha un grand signe de joie et de soulagement, marchant avec peine, essoufflée à chaque pas, le dos courbé, la canne à la main.

« Je vous ai amené pleins de bonnes choses ! » commença Mathieu.

« Aaah merci ! Merci beaucoup ! C'est très gentil!» répondit-elle, de son ton singulier, fort, et chaleureux. « Qu'est-ce qu'il y a, dedans ? » demanda-t-elle, approchant du regard les légumes avec des yeux rêveurs. Elle continua de marquer des exclamations pour le moins expressives à chaque étape de la description que lui offrait Mathieu. Elle souriait avec l'innocence d'un bambin.

« Ça vous va ? Vous êtes contente, madame Pasolini ? » interrogea-t-il, connaissant déjà la réponse.

« Si je suis contente ?? Tu es un ange ! Là, avec tout ça, j'ai de quoi me régaler ! » commença-t-elle, enjouée, « et je vais tout manger, hein ! Ca, l'appétit, je l'ai encore ! » s'esclaffa-t-elle, le visage ensoleillé. « Je vous crois sur parole ! Je vous fait entièrement confiance, là-dessus ! » répliqua Mathieu, souriant, pendant qu'il se dirigeait vers la modeste cuisine, emplie de souvenirs d'une vie désormais révolue. Il déposa la cagette sur la petite table se trouvant à sa gauche, à l'entrée, et s'amusait à observer cette joie si simple, si pure, que dégageait cette femme à la présence de cette nourriture dont elle semblait raffoler. « Et sinon, comment allez-vous, depuis la semaine dernière ? » demanda-t-il ensuite, l'air plus sérieux et empathique. « Oh, ça se maintient… » répondit-elle pudiquement, d'une pudeur de ces gens qui ont connu la guerre, la faim, et la misère mais à qui l'on a appris à ne jamais se plaindre. Mathieu la regardait, comme pour attendre une suite, plus sincère, plus détaillée. « Je marche, je cuisine, je fais le linge, je fais à petit peu, à petit peu. » dit-elle, de son phrasé et de son langage atypique.

« C'est sûr que si mon mari était encore avec moi, ça serait mieux, mais bon… Je me contente. Je me contente. » conclut-elle, les yeux dans le vague, dirigés vers l'extérieur, à travers la fenêtre. Mathieu ne sut que répondre. Tant de dignité dans la souffrance ne pouvait être commenté. Le silence parfois a plus de sens que les mots. Il se tenait là, contre le petit évier, et l'observait avec attention, touché par sa simplicité et sa résilience naturelle. Il vit alors son visage redevenir radieux et plein de vie lorsqu'elle commença à lui raconter ses souvenirs de son mari, toujours les mêmes souvenirs, que Mathieu connaissait par-cœur, mais qu'il continuait d'écouter, sachant le bien que cela lui procurait. Comme une façon de faire revivre, pendant quelques minutes au moins, l'homme qui avait partagé sa vie, à travers vents et marées, pendant plus de cinquante ans. Lorsqu'elle parlait de lui, c'était comme s'il était de nouveau présent dans la pièce, et qu'il riait de l'anecdote, assis sur sa petite chaise, son verre de vin rouge sous le nez, et le regard nostalgique, empli d'histoires jamais racontées. Sauf que la chaise était vide, et le silence était lourd. Tout ce que Mathieu pouvait apporter, étaient ses légumes du potager. Après une demi-heure partagée, le soleil de madame Pasolini se devait de partir. Les yeux quelques peu humides, elle le raccompagna à la porte, le remerciant cent fois, et lui souhaitant à peu près tout ce que l'on pouvait souhaiter à une personne qui nous voulait du bien. Il retourna dans sa voiture, avec ce sentiment si agréable que procurait le fait de donner un peu, un tout petit peu de soi à quelqu'un qui en avait besoin. Il se sentait en phase avec lui-même, il se nourrissait de bienveillance, comme pour lutter contre les démons qui lui pourrissaient son existence depuis maintenant une décennie. Il reprit la route, traversa un dos-d'âne, pris le virage à droite, enchaina plusieurs centaines de mètres dans ces zones dites « populaires », passa aux abords de la sortie d'un lycée, lorsque, tout à coup, quelque chose attira son attention. A vingt mètres de là, sur le trottoir de droite, trois jeunes, de grands adolescents, rouaient de coups un autre jeune avec une violence inouïe. Le premier agresseur, portant un sac à dos et un survêtement de la marque aux trois bandes, se défoulait sur sa victime avec une haine colossale, l'enchainait de coups de pieds d'une brutalité insensée, le visage suintant une rage sauvage, primitive. Le second avait plus le profil du suiveur, un petit blondinet tout sec, survêtement noir, envoyant des coups de pieds approximatifs, pendant que le troisième filmait avec son téléphone portable, riant à gorge déployée, encensant ses copains pour qu'ils aillent encore plus loin, qu'ils fassent encore plus mal. La victime était au sol, les bras pliés, collés à sa tête, encaissant les coups sans pouvoir répliquer, espérant sûrement que cette correction s'achève le plus vite possible. Ni une ni deux, Mathieu freina en plein milieu de la voie, s'arrêta net, sortit de la voiture la portière grande ouverte, et courut vers les agresseurs. « Oh ! Arrêtez ! Stop ! Stop ! » hurla-t-il à pleins poumons, s'approchant de la scène. Il attrapa le leader, le plus énervé de la bande, le prit par le col de son sweet, et l'emmena avec poigne jusqu'au mur d'en face, quelques mètres plus loin. Mathieu le balança violemment, lui faisant prendre le béton pleine bourre, encercla sa main droite autour de son cou, lui colla la tête contre le mur avec une force décuplée par la colère, et leva son poing gauche fermé, prêt à partir, tendu, tremblant d'adrénaline, le fixant avec de grands yeux où une noirceur inquiétante fit son apparition, les sourcils froncés, le visage déformé par la rage, la mâchoire serrée. « T'arrêtes tes conneries ou je te fracasse ! T'as compris ?! » s'exclama-t-il, d'une voix enveloppée. Un silence de plomb se fit entendre dans toute la rue. Les deux autres acolytes restaient derrière, regardant la scène sans aucune réaction. Le jeune contre le mur regarda alors Mathieu dans le blanc des yeux, d'un regard malsain, cruel, affichant un sourire sadique, comme si le Mal avait fait de lui sa nouvelle demeure, et ce visage, à la fois juvénile et terrifiant, rendit Mathieu très mal à l'aise. Des flashs lui revenaient aussitôt, des images vives jaillissaient subitement dans son esprit, lui faisant perdre pieds pendant quelques secondes. Il revit l'expression morbide du tueur fou, ce fameux jour, à la sortie du métro de la Gare Verte…

« Tu ne peux pas me frapper… » commença à répondre le jeune, « je suis un enfant. », lâcha-t-il, narquois, d'un regard suintant le goût du sang, le plaisir de la souffrance, la passion mortifère. Mathieu, désemparé, le lâcha alors, reculant d'un pas, pendant que le jeune le fixait toujours, sans baisser le regard ne serait-ce qu'une seconde. Mathieu se retourna alors vers les deux autres, prit le téléphone portable et le brisa en mille morceaux sur le trottoir. « Eh, mon téléphone ! Tu vas me le r'payer, toi ! » s'énerva alors un gamin pas très haut, un brin potelé, le regard éteint de ceux qui passaient leur vie sur les jeux vidéo et les réseaux sociaux. « Je te paie rien du tout ! Cassez-vous tout de suite ou j'appelle les flics ! » répondit Mathieu, la voix haute, les poings serrés, dans un état second.

« Bande de tarés ! Vous n'avez rien d'autre à foutre que de tabasser un mec à trois contre un ? Vous ne pouvez pas arrêter de vous comporter comme des sauvages ne serait-ce qu'une fois dans votre vie ?! Ce n'est pas possible, ça ?! » cria-t-il à s'en casser la voix, pendant que les trois agresseurs se dirigeaient vers le trottoir d'en face, marchant lentement, comme si de rien n'était. Mathieu ne les lâchaient pas des yeux, les voyant s'éloigner puis quitter la rue. Sa respiration était courte et bruyante, ses poings tremblaient légèrement, son ventre était noué. Ces accès de colères noires se répétaient de plus en plus, depuis ce « fameux jour »… Au point, parfois, qu'il peinait à se reconnaitre lui-même. Sa vision du monde et des hommes avait changé. La solitude était son refuge, face à une humanité dont il avait perdu l'estime et la foi.

« Ça va, mon gars ? » demanda-t-il, se baissant vers la victime, qui tentait péniblement de se relever, gisant de douleur, la bouche ensanglantée, les lunettes brisées, en miettes, sur le bitume.

« Tu veux que j'appelle tes parents ? »

« Non, surtout pas ! » lâcha le jeune spontanément, crachant du sang par terre. Mathieu l'aida à se relever, mais le jeune se tordait de douleur, les mains sur le ventre, que ses bourreaux n'avaient pas épargnés. Mathieu le guida vers sa voiture. « Viens, je t'emmène à l'hôpital. »

« Non, non, ça ira… Je vais me débrouiller… »

« Ca va pas, la tête ?! C'est hors de question que je te laisse dans cet état ! Monte, je te dis ! » s'agaça alors Mathieu, le ton autoritaire. Le jeune ne répondit plus et s'exécuta. La voiture démarra, et tous deux partirent direction les urgences, sous un silence tendu, les visages fermés. Plusieurs kilomètres passèrent, et Mathieu observait, en quelques regards furtifs, ce pauvre gamin particulièrement amoché, la manche de sa veste déchirée au niveau de l'avant-bras gauche, le regard triste, la mine tombante, les épaules avancées, le dos légèrement courbé, se tenant là, sur son siège passager, se laissant à pleurer silencieusement, chaque larme coulant en s'excusant presque d'exister.

« Ca va aller, mec… C'est fini… » dit Mathieu, tentant de le réconforter, lui tapotant l'épaule.

« C'était quoi, ça ? Qu'est-ce qu'il s'est passé ? » demanda-t-il avec hargne, toujours remonté. Le jeune souffla de dépit ou de lassitude, séchant ses joues humides.

« J'sais pas trop… Ça leur prend, dès fois, d'avoir envie de me taper. » répondit-il, la voix tremblante.

« Mais… Il y a une raison à cela ? » s'interrogea Mathieu, interloqué.

« Non. Ils disent que j'ai une tête qui ne leur revient pas. C'est tout… » lâcha-t-il, baissant les yeux. Mathieu brûlait de l'intérieur. Cette humanité était encore plus ignoble que ce qu'il pouvait bien imaginer. Une sensation de dégoût l'envahissait.

« Ils sont au courant de ce qu'il se passe, les adultes autour de toi ? Les professeurs, le proviseur, les surveillants… ? »

« Oui, mais ils s'en foutent. C'est pas leur problème. Les pions, ça les fait même rire ! Ils sont potes avec ces gars-là. » informa-t-il, blasé.

« Les pions ? Les surveillants, tu veux dire ? »

211

« Oui, voilà. »

« Ca les faire rire ?? » releva Mathieu, outré.

« Ouais… Ca les amuse. Ils font copain-copain avec eux, et ferment les yeux sur toutes leurs conneries. » répondit-il, instaurant un véritable malaise au sein de cette voiture. « Je ne suis pas dans un très bon bahut. » conclut-il, rappelant l'évidence.

« Et tes parents ? » enchaina ensuite Mathieu, alors que l'hôpital faisait son apparition, sur la gauche.

« C'est… C'est compliqué. » se contenta-t-il de répondre, visiblement gêné, gigotant sur son siège. Mathieu et le gamin sortirent alors de la voiture et entrèrent aux urgences. Une infirmière le prit sous son aile et le dirigea vers la salle de soins, l'éloignant au loin pour le voir finalement s'effacer. Mathieu l'observait tout du long. Ce monde était vraiment abjecte. Il ne serait plus jamais question de remettre les pieds loin, trop loin des Hautes Collines. L'être humain le répugnait du plus profond de son être. Si le silence était son tombeau, la solitude, loin des hommes, était une forme d'assurance de sauvegarder un tant soit peu une santé mentale pour le moins fragilisée, ne tenant probablement qu'à un fil pour ne pas chapoter lamentablement. Quelque chose, chez ces jeunes, qui étaient au fond encore des enfants, le troublaient. Comme si une force obscure les habitait. Cette société dégénérescente ne faisait que fabriquer des monstres en puissance, sans même en avoir conscience. Cette violence banalisée, quotidienne, à la vue de tous, dès le plus jeune âge, remplaçait peu à peu l'innocence enfantine par des pulsions de mort, un goût pour la destruction et un besoin de se nourrir du mal par le mal, comblant une existence vide de sens, de problèmes familiaux parfois désastreux, de rapports humains factices, ne vivant qu'à travers le monde virtuel, et d'un manque de repères, de cadres, propre à l'éducation de l'enfant-roi, de l'enfant déraciné, s'éduquant lui-même, évoluant dans le laxisme et la consommation exacerbée d'une vie sans but, d'une jeunesse privée de son essence-même, comblant ainsi le mal qui les rongeait automatiquement par n'importe quel exutoire qui se trouvait à leur portée. Ces gamins étaient censé représenter l'avenir. Cette idée tressaillait Mathieu d'une angoisse profonde. Celle d'un monde où n'importe qui pouvait devenir un danger tant pour les autres que pour lui-même.

Plusieurs jours passèrent. Mathieu ne quittait plus sa maison, son jardin, son terrain aux Hautes Collines. Ce lieu était pour lui une grande cellule protectrice, une bulle dans laquelle la folie, le Mal, et l'immonde ne pouvaient entrer. Il occupait ses journées en fabriquant des fromages, qu'il consommait lui-même et vendait en itinérance en parcourant les habitations et les Lieu-Dit présents de manière éparse à travers ces routes boisées. Les gens, dans le secteur, le connaissaient bien, et malgré le fait de l'avoir jugé d'un mauvais œil à son installation -surnommé « le gars de la ville » de façon péjorative pendant deux ans, avant que les locaux finissent enfin par mémoriser ne serait-ce que son prénom-, il était désormais toujours le bienvenu aux tables de ces paysans, de ces artisans perpétuant la tradition de père en fils, dans l'ombre du progrès et de ce qu'ils appelaient « les fous de la Grande Ville », grouillant chaque matin comme des fourmis dans les métros, courant après le temps, sans jamais le prendre, sans jamais le vivre véritablement. Une fois ses itinérances locales journalières effectuées, il s'occupait ensuite de son jardin et élevait ses animaux. Il possédait un grand potager, où fruits et légumes cohabitaient et lui permettaient, en complément de nombreux stocks alimentaires, de ne rien manquer. Trois chèvres se baladaient de façon insouciante, fraternisant avec deux poules, ainsi qu'un chien de berger, se nommant Grisbi. Mathieu les aimait profondément. Il aimait notamment les observer, allongé dans son hamac, les regarder vivre, les écouter communiquer à leur façon, les contempler dans leur innocence, dans leur modestie, vivre au jour le jour, pleinement dans l'instant présent, à partager des banalités avec des êtres chacun d'une autre espèce, d'un aspect très différent, parlant un autre langage, adoptant d'autres régimes alimentaires, et pourtant s'entendre, s'apprécier, et vivre en frères. Ses animaux était pour lui un antidote face aux maladies du monde des Hommes. Il se disait que nous, êtres humains, auraient beaucoup à apprendre de ces êtres pourtant qualifiés de « primitifs » et de « simples bêtes ». Le progrès éloigne parfois de l'essentiel, et les animaux sont là pour nous le rappeler…

Mathieu distribuait les graines et les restes de légumes finement émincés à ses deux poules qui lui tournaient autour comme des groupies devant leur chanteur préféré, lorsque quelqu'un toqua à son portail, une quinzaine de mètres plus bas. Mathieu leva les yeux, intrigué.

« Bonjour, monsieur ! Je ne sais pas si vous me reconnaissez ? » dit d'une voix fluette un adolescent qu'il mit quelques secondes à identifier. « Vous m'avez aidé, l'autre fois, et emmené à l'hôpital…» continua-t-il, voyant Mathieu approcher plus distinctement.

« Ah oui ! Oh ben ça, alors ! Comment vas-tu ? » demanda-t-il, lui tendant la main, avant de lui ouvrir le portail. « Ça va mieux, beaucoup mieux, merci ! » Le jeune avait encore un gros hématome sur la mâchoire gauche, et une cicatrice sur le front, mais son regard énergique et son sourire jovial modifiait considérablement son apparence.

« Viens, entre ! Comment m'as-tu trouvé, d'ailleurs ? » s'interrogea Mathieu, avançant vers la maison, traversant le chemin au milieu du potager.

« Vous… Vous avez laissé vos coordonnées, à l'hôpital. »

« Ah oui, c'est vrai. J'ai oublié ton prénom, par contre… Rappelle-moi ? »

« Je ne vous l'ai pas dit, c'est pour ça ! » répondit le jeune, riant nerveusement. « Je m'appelle Dylan.» annonça-t-il sobrement. « Enchanté, Dylan ! Moi, c'est Mathieu. » dit-il, tendant à nouveau la main, chaleureusement. Tous deux se dirigèrent vers la terrasse et la baie vitrée menant à la cuisine de cette petite maison cosy, lumineuse, et à la décoration minimaliste. Dylan observait autour de lui, pendant que Mathieu ouvrit le frigo. « Tu veux quelque chose à boire ? » lui demanda-t-il.

« Oui, je veux bien, merci. »

« Je n'ai pas de grenadine, tu penses que ça ira ? » se moqua gentiment Mathieu, sourire en coin.

« Oh vous savez, maintenant, ça fait longtemps qu'on n'en est plus là ! » rétorqua Dylan, souriant à la petite pique. « Oui, j'ai cru comprendre, effectivement… Tu as quel âge, d'ailleurs ? »

« 17 ans. » Mathieu lui servit un verre de jus de pommes fait maison, bien frais, et lui tendit amicalement, avant de se servir ensuite. Dylan le remercia d'un hochement de tête et but quelques gorgées l'air agréablement surpris. « C'est bon, n'est-ce pas?» s'enorgueillit Mathieu. Dylan acquiesça en gigotant frénétiquement la tête, faisant réapparaitre soudainement l'enfant qu'il devrait être.

« C'est du jus de pomme ? Je ne pensais pas que ça pouvait avoir ce goût-là ! » s'étonna-t-il.

« Ah ça… Lorsque l'on enlève toutes ces saloperies chimiques et le sucre ajouté comme on en trouve partout dans les produits industriels, forcément, ça change le goût ! Et en plus de cela, ton corps te dit merci. » se lança Mathieu, d'un ton assuré. Dylan hocha la tête sans répondre, approuvant silencieusement. « Vous vivez seul, ici ? » finit-il par demander. « Oui, je vis seul. Avec mes animaux, donc bon… Je ne suis pas si seul que cela. »

« Vous n'avez jamais été marié ? »

« Non, mais j'ai été en couple pendant six ans. Ça n'a pas marché, et… Voilà. La vie continue. » dit-il pudiquement, les yeux dans son verre. Ne voulant pas le gêner, Dylan observa à nouveau autour de lui, et complimenta les lieux. Il semblait extasié par ce cadre somptueux. Mathieu lui fit alors un véritable exposé, lui décrivant ses activités, les fromages, les animaux, le potager, prenant en compte les difficultés liées à la météo, notamment, avant de partir sur la maison, de son indépendance, tant en eau qu'en électricité, expliquant chaque mécanisme et chaque outil lui permettant de se fournir en énergie de façon naturelle et gratuite, non sans mal, notamment en hiver, où les rations étaient de rigueur, où il valait mieux avoir la peau dure. Dylan ne pipait pas un mot. Il l'écoutait, captivé, buvant ses paroles, fasciné par cette vie si singulière qu'il découvrait et chamboulait totalement sa vision de l'existence. Il se montrait curieux, intéressé par tout, voulait en chaque instant apprendre encore davantage. Ce n'était pas pour déplaire à Mathieu, véritable passionné, qui se prenait à lui enseigner son mode de vie avec un enthousiasme haletant.

« Qu'est-ce qui vous a donné envie de vivre comme cela ? C'est tout de même un changement radical…» demanda Dylan, intrigué. Mathieu se gratta alors les cheveux, balbutiant, ne parvenant à cacher sa gêne. « Il y a des évènements, parfois, dans la vie, qui changent les gens. » commença-t-il vaguement. Dylan l'écoutait, attendant la suite. Un silence s'installa.

« Quels genres d'évènements ? » finit-il par demander, décidément très curieux. Mathieu, coincé, lui tendit alors un livre posé sur le bord d'un meuble de rangement, en face de la table à manger. Dylan observa la couverture, fronçant les sourcils.

« Enquête sur les attentats du métro de la Gare Verte. » récita-t-il, interloqué.

« Des évènements de ce genre-là. »

Le lendemain, aux alentours de 18h, Dylan se trouvait de nouveau derrière le portail, tout sourire, l'air à la fois timide et enjoué, introverti et pourtant très expressif, semblant véritablement touché par la singularité de cet homme qu'il connaissait à peine. Mathieu lui ouvrit avec entrain, et lui tendit la main avec un sourire accueillant et sincère. Il lui servit un verre de jus de mandarine, cette fois, qu'il avait préparé le matin-même, dont la fraicheur exquise tombait à point nommé sous ce soleil déjà tonitruant en ce début de printemps.

« Et toi, alors ? Que fais-tu ? Tu ne m'as encore rien dit. » commença Mathieu, accoudé au comptoir.

« Oh, rien de spécial… Je suis en terminal. Je passe le bac dans trois mois… » répondit-il le visage baissé, haussant les épaules. « Et… Ça se passe comment ? » interrogea Mathieu, inquiet.

« Pas très bien… » On entendit une des chèvres s'exprimer avec conviction, à l'extérieur.

« Qu'est ce qui ne va pas très bien ? » demanda Mathieu, en position paternelle.

« Tout. Absolument tout. » répondit-il abruptement. On entendit alors une autre chèvre s'exclamer.

« Je ne vais presque plus en cours. » lâcha Dylan, les yeux fuyants. Mathieu le regarda l'air grave.

« Quand j'y vais, c'est… C'est l'enfer. Ca me rend malade, j'ai tout le temps mal au ventre, je n'arrive plus à manger… Chaque fois que j'arrive au bahut, je suffoque, je ne respire plus vraiment. », « Je suis en apnée toute la journée, j'ai… J'ai vraiment peur.» se confia-t-il, les yeux humides, visiblement marqué. Mathieu attendit, ressentant le mal-être jusqu'alors enfouis dans les tréfonds de son âme perdue. « Souvent, je… J'fais des cauchemars, la nuit. » continua-t-il, se frottant les mains nerveusement. « Des choses très sombres… J'ai parfois du mal à réaliser que c'est moi qui rêve de ça ! » avoua-t-il, levant les yeux vers Mathieu, dont il semblait avoir une réelle confiance, désormais. Ce dernier ne répondit pas, trouvant un écho en cette phrase, lui qui, depuis dix ans, souffrait d'insomnies chroniques et se réveillait régulièrement en sursaut, face à des rêves d'une noirceur édifiante.

« Tu m'avais dit, l'autre jour, qu'avec tes parents, c'était compliqué. Tu peux m'en dire plus ? » demanda-t-il alors, touché par cet ado traumatisé dont le silence lui était familier.

« Ben… Mon père est parti quand j'avais neuf ans, et… Ma mère n'est pas souvent là, à cause de son travail. » répondit-il, gigotant les jambes sur son siège, les yeux dans le néant.

« Elle fait quoi, ta mère ? »

« Elle est serveuse. » commença-t-il, « elle travaille dans un restaurant, dans la zone Blanche de la Grande Ville. Mais… Elle travaille beaucoup. Je ne la vois pas souvent. » informa-t-il, ressortant un regard triste, grisâtre. « Je comprends… Et ton père? Il n'est plus là ? Tu ne l'as plus revu ? »

« Si, quelques fois, mais il est parti vivre dans le sud… » répondit-il avec la mine défaite, soupirant. Mathieu le regardait avec une profonde compassion. Ce pauvre gosse avait appris à souffrir dans le silence absolu de la honte et de la solitude, où sa douleur était devenue son meilleur allié, totalement indissociable de lui-même, le portant dans les zones recluses de l'angoisse et d'une tristesse sans fond,

221

loin de la gaieté, de l'ivresse et de la puérilité de l'adolescence dont il n'en connaissait aucunement la saveur. « Parfois, je me sens bizarre… » continua-t-il, comme voulant lâcher un énorme poids collé à ce corps chétif et longiligne. « Comment ça?» demanda Mathieu, d'un ton particulièrement sérieux.

« Ben… Il y a des moments où je me sens tellement épuisé, où l'air vient tellement à me manquer que…» s'arrêta-t-il brusquement, le regard terne.

« Que je n'ai juste plus envie de vivre. »

Le lundi suivant, Dylan étant en vacances scolaires, il se vit proposé de suivre Mathieu à la distribution de légumes auprès de madame Pasolini. « Histoire de te changer les idées », comme il disait. Dylan accepta volontiers, et tous deux se rejoignirent au centre de la Petite Ville, à trois-cents mètres d'où il vivait avec sa mère. Arrivés devant les Habitations Sociales, ils virent la mamie les attendre à la fenêtre et sembler troublée, apercevant un visage inconnu aux côtés de son soleil qui réapparaissait soudainement. « Bonjour, madame Pasolini ! Vous allez bien ? » commença Mathieu, à l'entrée de l'appartement. « Je vous présente Dylan, un jeune lycéen que je prends sous mon aile pour lui montrer un peu le métier. » dit-il en le désignant de la main, tout sourire. « Ah d'accord, d'accord ! Enchanté, alors!» répondit-elle de son accent et de son ton expressif et profondément vivant. Dylan lui répondit, souriant timidement, portant la cagette de légumes. « Oooooh ! » lâcha mélodiquement la dame, posant les yeux sur les aliments, particulièrement attractifs et appétissants. « Je vous ai encore ramené pleins de bonnes choses, madame Pasolini ! Là, vous avez des carottes, comme je sais que vous aimez ça ; vous avez des concombres, des poireaux, des tomates rondes, et de la laitue. » décrivit-il d'un ton enjoué, face aux exclamations intempestives de la mamie, les yeux pétillants. « Je vous les pose sur la table de la cuisine, comme toujours ? » demanda-t-il. « Oui, oui ! Faites ! » répondit-elle d'un enthousiasme enfantin, tentant de suivre les deux protagonistes qui entraient dans la cuisine. Dylan posa la cagette, et se tint légèrement en retrait, de son tempérament discret, et observa la pièce. Il vit un calendrier de 1971 représentant une femme d'un ancien temps, vêtue de draps longs et d'un bonnet de tissue, remplissant de bois une cheminée au milieu d'une maison de campagne du siècle précédent, sous le regard amusé d'un chien blanc à tâches caramélisées. Il commença alors à poser des questions, cherchant à connaitre l'origine de ce calendrier et en découvrir une histoire, racontant une vie qui n'existait plus, de gens qui ne vivaient désormais qu'à travers des photographies. La mamie y répondait avec exaltation, racontant avec précision des souvenirs d'enfance meurtris par la guerre, des souvenirs de sa mère qu'elle adulait depuis son premier souffle, et de sa jeunesse dans son village natal, au milieu des montagnes d'une Italie dont elle en souffrait le manque un peu plus chaque jour. Contre toute attente, elle se mit alors à chanter un chant italien, reprit en chœur par Mathieu qui le connaissait parfaitement, se synchronisant ensemble en un rythme lent et une intonation posée à la première partie, pour ensuite s'intensifier et presque s'énerver à la conclusion, le tout de façon comique et décomplexée, posant à Dylan un sourire jusqu'aux oreilles. Tous se mirent alors à rire bruyamment, devant cette dame qui, bien que peinant à traverser une pièce et rester debout, affichait une énergie et un caractère assez déroutants.

« Merci, en tout cas ! C'est encore très gentil d'être venu et de m'avoir apporté ces légumes ! Ça me fait très, très plaisir ! » enchaina-t-elle, accentuant les « très » en levant haut l'index.

« Mais c'est normal ! Le plaisir est partagé ! » répondit modestement Mathieu, le visage ouvert. « Et vous voyez, je suis bien aidé, aujourd'hui ! » ajouta-t-il, montrant Dylan du doigt.

« Ah oui ! Ça, c'est vrai ! Merci beaucoup à vous aussi ! » conclut-elle, vouvoyant un gamin qui pourrait être son petit-fils. Dylan hocha la tête, gardant un sourire vissé aux lèvres, le regard lumineux. Il regagna la voiture de Mathieu avec un sentiment nouveau, assez déconcertant… Se sentant simplement heureux, tout à coup, d'être pleinement vivant. Il se tourna vers Mathieu d'un œil reconnaissant, ne lui parlant qu'avec son sourire et son regard retrouvant enfin de sa vitalité, et il l'observa un long instant, silencieusement, comme pour lui dire merci, simplement merci pour son humanité.

Le lendemain, Dylan se tenait une fois de plus devant le portail, arborant un large sourire qui ne semblait plus le quitter. Mathieu décida de lui montrer le métier de fromager. Il l'emmena à la cave, où des dizaines de fromages de chèvres en tous genres s'affinaient dans la plénitude, puis dans la zone de moulage, où d'énormes pots en bois contenaient des litres de lait caillé qu'il fallait traiter pour obtenir la texture et la forme voulue. Dans cette zone, les effluves étaient particulièrement fortes, prenaient d'abord à la gorge avant de s'accoutumer et devenir un parfum enrobant la pièce avec fluidité. Mathieu enseignait l'utilisation de la louche, le coup de main bien distinct à maitriser et la patience du travail bien fait. Dylan, d'abord hésitant et maladroit, finit par saisir la subtilité, et se vit y prendre goût, appréciant se sentir utile et participer à l'élaboration d'un projet, ressentir le produit, le voir naitre de ses mains, et peu à peu lui donner corps, lui donner vie. Comme à son habitude, il ne put s'empêcher de poser mille et une questions, curieux de tout, se voulant tout savoir, tout connaitre, comme pour grandir plus vite et s'élever au-delà de son quotidien tumultueux.

« Tu ne t'arrêtes jamais de poser des questions, toi, hein ? » finit par remarquer Mathieu, sourire en coin, tout en démoulant les fromages avec dextérité.

« Je voudrais être journaliste, plus tard. » lâcha alors timidement Dylan, presque honteux, comme avouant un secret interdit. « Ah oui ? » s'étonna Mathieu, sans tellement trouver cela étonnant, en fin de compte… « C'est bien, c'est un beau métier! Enfin… Tout dépend comment on le pratique. Je n'en dirai pas plus… » commenta alors Mathieu, sous le sourire amusé du lycéen.

« Est-ce que cette phrase aurait un lien avec le fait que vous n'ayez pas de télévision ? » demanda alors Dylan, taquin. « Bien vu. », sourit l'ancien banquier.

« Non, c'est… C'est juste un rêve, voilà. Je rêve d'être grand reporter, de faire des documentaires sociétaux visant à informer et à modifier le regard des gens, et je voudrais créer un média indépendant. » expliqua alors Dylan, sous l'attention de Mathieu, agréablement surpris.

« Je m'intéresse à tout, j'adore écrire, et j'aime comprendre comment fonctionne le monde. » ajouta-t-il avec passion. « Bah c'est super ! Et tu as prévu un cursus, une école, après ton bac ? » interrogea alors Mathieu, arrêtant le démoulage. «Ben… Je pense que je ne l'aurai pas. »

« Pourquoi ça ? »

« Mes notes ont beaucoup chuté, ces derniers mois, et, même si je fais un bac littéraire, il y a quand même les épreuves de maths et ça… C'est la cata.» décrivit-il, les yeux baissés.

« La cata, c'est-à-dire ? » demanda alors Mathieu, soucieux.

« J'ai 4 de moyenne en maths. »

« Ah oui, effectivement ! » lâcha le nouveau fromager, faisant les gros yeux. Tous deux continuèrent le travail sans rien ajouter pendant plusieurs minutes. Mathieu semblait cogiter, chercher des solutions. Ce gamin avait, d'évidence, des qualités, mais se dirigeait tout droit dans une voie sans issue, sans avenir, qui verraient s'effacer, l'un après

227

l'autre, ses rêves et ses vocations les plus profondes, qui l'animaient en chaque instant. C'est alors que lui vint une idée. « Ça te dirais de m'écrire un article ? » sortit soudainement Mathieu, surprenant alors le jeune.

« Comment ça ? »

« Eh bien, tu choisis un sujet, tu le travailles, tu fais tes recherches, et tu m'écris un article comme un journaliste dans un journal ou un magazine. » expliqua-t-il, sous le regard captivé du lycéen. « Histoire de voir un peu de quoi tu es capable. » conclut-il, finissant le démoulage. Dylan ne répondit pas tout de suite, le fixant avec attention. « Ok ! Ça marche ! » lâcha-t-il finalement avec conviction. Mathieu sourit, et tous deux reprirent le travail avec sérénité.

« Voilà ! J'ai fait l'article ! » s'écria Dylan, devant le portail, le lendemain matin, en voyant son hôte s'approcher. « Déjà ? » s'étonna Mathieu, lui ouvrant.

« Oui ! J'y ai passé la nuit ! Tenez ! » répondit-il, gigotant d'enthousiasme. Mathieu prit le papier, et se dirigea vers la terrasse. Il s'assit, et commença la lecture, l'air sérieux, sans montrer la moindre expression, la moindre émotion. L'article traitait le sujet du harcèlement scolaire. Jusque-là, rien de bien surprenant, se dit-il, mais très vite, il fut impressionné par autant de maitrise. Certes, il repéra une ou deux fautes d'orthographes légères ci et là, mais le sujet était traité avec beaucoup de sérieux, les informations étaient chiffrées, sourcées, des morceaux d'interviews montraient une opinion dans un camp, puis l'opinion opposée, apportant la contradiction, le style était propre, énergique, parfois poignant, et la conclusion offrait une interrogation à laquelle le lecteur était convié, laissant place à l'esprit critique. A seulement 17 ans, le gamin faisait là une véritable leçon de journalisme. Le potentiel était indéniable. Il fallait qu'il entre en école supérieure. Sans cela, le gâchis serait immense. Les dégâts irréversibles. Dylan le regarda avec appréhension, tentant de déceler un sourire, ou un sourcil froncé, n'importe quel élément qui indiquerait son ressenti, mais il ne trouva rien.

« Ok. » dit simplement Mathieu, lui redonnant l'article, le visage de marbre.

« C'est tout ? Ce n'est pas bon ? » s'inquiéta alors Dylan, l'air miné.

« Si, si, c'est génial. Ecoute, on va conclure un marché, toi et moi. » commença alors Mathieu, se redressant sur son fauteuil, le pointant du doigt, le regard franc et déterminé. Dylan ne moufta pas.

« Je vais t'aider à avoir au moins la moyenne en maths, pour que tu puisses avoir ton bac. On a trois mois pour gagner six points, donc, je vais être très clair : on va bosser, beaucoup et durement, je vais être exigeant, parce qu'il n'y aura pas de place pour la défaite, tu m'entends ? » ordonna-t-il d'un ton stricte, pendant que Dylan hochait la tête rapidement pour acquiescer. « Donc pas de retards, pas de laisser-aller, pas d'absences non justifiées, sinon j'arrête tout et je te laisse tomber. Si t'es avec moi, dans trois mois, tu auras ton bac et tu seras libre d'avoir le choix. C'est toi qui voit. T'es avec moi ou pas ? » demanda-t-il ensuite, ne le lâchant pas du regard, semblant retrouver soudainement le Mathieu combatif, courant chaque jour après la réussite et la promotion. Dylan, ressentant l'adrénaline contagieuse, n'hésita pas longtemps.

« Je suis avec vous. »

« Alors marché conclu ! » lâcha donc Mathieu, le sourire du gagnant, tendant une poignée de main virile et affirmée. Dylan n'avait pas encore idée de ce que pouvait être son acolyte, lorsqu'il était décidé à aboutir un projet, une mission, un challenge. Toute sa vie, Mathieu avait combattu. Combattu le déclassement social ; combattu la médiocrité à laquelle les gens de son entourage tentaient de le plonger ; combattu sa faiblesse physique de ses jeunes années, dans un environnement où la loi du plus fort régnait ; combattu un avenir de prolétaire auquel ses conseillers d'orientation le destinaient, dû à sa difficulté à se plier aux règles, ce qui l'avait mené en échec scolaire durant plusieurs années ; combattu sa timidité maladive ayant anéanti sa relation avec les filles durant son adolescence ; combattu au milieu des requins des grandes écoles pour se démarquer et toucher au Graal ; et tout cela, il l'avait fait grâce à une volonté hors du commun, un travail acharné en toute épreuve, une capacité de remise en question montrant très jeune une grande maturité, et un goût pour la compétition, pour la conquête qui ne l'avait jamais quitté. « Le Fameux Jour » l'avait vu se liquéfier, s'isoler, et s'enfermer dans une psychose et une misanthropie aussi sournoise que destructrice, devenant son ombre, son autre, sans aucun moyen d'y réchapper. Mais l'arrivée de ce gamin prometteur et d'une grande vulnérabilité semblait réveiller en lui ce qu'il pensait disparu dans les abimes. Dylan devenait, peu à peu, ce fils qu'il n'avait jamais eu, et en combattant pour lui, il affrontait de nouveau ce démon qui voulait le voir disparaitre à petit feu dans l'oubli, dans la souffrance et la désespérance. Contre toute attente, ce gamin devenait le véritable antidote, la dernière pièce pouvant rompre son silence et trouver enfin la paix.

C'est ainsi que Dylan passa sa semaine de vacances à faire des exercices de mathématiques, travaillant sans relâche le calcul mental, les révisions des fondamentaux, la géométrie, les fractions, les opérations basiques, tout d'abord. Mathieu était toujours calme, à l'écoute, mais intransigeant. A la moindre erreur, il lui tombait dessus et lui faisait tout recommencer. Dylan était mêlé de plusieurs sentiments. Ce niveau d'exigence le poussait dans ses retranchements, pouvait l'agacer parfois, mais au fil des heures et des jours, il en sentait les bénéfices, gagnait en rigueur, se voyait déjà progresser, devenir de plus en plus productif, méticuleux, et ce cadre lui offrait un horizon, une vision claire à laquelle se fier. Ce qui l'amusait, par contre, c'était les explications de Mathieu qui commençaient en décryptant les exercices théoriques pour ensuite partir automatiquement, sans même s'en rendre compte, dans des leçons pratiques traitant de la finance, des investissements stratégiques, des placements lucratifs, des économies de marché, du trading, en virevoltant souvent sur de l'histoire économique, de la dissection du capitalisme à travers les siècles... Avant de terminer par un « je fais un peu de hors-sujet, là, non ? », sous les esclaffements du lycéen. Mathieu était un passionné d'économie, et il pouvait difficilement le cacher. Ce n'était pas pour déplaire à Dylan, dont la curiosité ne se rassasiait jamais, qui apprenait plus en quelques jours avec lui qu'en des années à cirer les bancs d'une école qui, souvent, était malheureusement détachée du réel. Mathieu, lui, avait eu la nausée de ce culte du chiffre, jouant de tout sans prendre la mesure des conséquences, et finançant par vanité tout ce qui existait de pire pour la vie des peuples et de son environnement. Il aimait désormais suivre tout cela de loin, au milieu de son cocon, de ses fromages, de ses animaux et de ces forêts impériales et d'une beauté inégalable. Sa vie était ici, désormais, et rien n'y changerait.

« T'as reparlé avec ta mère, récemment ? » demanda-t-il, tous deux confortablement allongés dans des hamacs, à l'angle du grand jardin, admirant le ciel étoilé, sous une douce soirée de printemps.

« Un peu… », répondit brièvement Dylan, se balançant lentement, semblant être au paradis.

« Et donc ? »

« Et donc rien de spécial. On se croise, elle me demande si je vais bien, je lui dis oui, et ça s'arrête

233

là.» expliqua le jeune d'un ton blasé. « Hormis ses horaires et son travail, il y a d'autres raisons qui causent cette distance entre vous ? » interrogea Mathieu, l'air empathique. « J'sais pas… On dirait parfois qu'elle ne veut pas me parler. Comme si je ne l'intéressais pas, que j'étais là pour meubler un peu l'appartement, sans plus… » lâcha le lycéen, fixant les étoiles.

« Et qu'est-ce que tu voudrais lui dire, à ta mère ? La chose la plus importante que tu voudrais qu'elle sache ? » avança Mathieu, tentant de cerner le nœud du problème.

« Ben… J'aimerais savoir pourquoi elle est comme ça avec moi, surtout que ça n'a pas toujours été le cas… Et… J'aimerais qu'elle sache que je suis malheureux, que je suis fatigué de lutter et de me taire… » enchaina-t-il, retenant l'émotion dans sa gorge, « …et que j'ai le sentiment de n'être rien ni personne, totalement invisible à ses yeux. » Cette confidence particulièrement grave faisait l'effet d'une énorme gifle pour Mathieu. Il se devait de réagir. « Tu sais, Dylan, la vie d'adulte est tout sauf un long fleuve tranquille. Ta mère, même si elle ne te le montre pas, souffre sûrement au moins autant que toi. » commença alors Mathieu, attirant l'attention du jeune qui se tourna vers lui brusquement.

« Elle a un métier prenant, stressant, épuisant, peut-être qu'elle a des problèmes avec sa hiérarchie, des collègues lourdingues, des clients désagréables et irrespectueux… Elle rentre le soir sans te voir, ne fait que te croiser, n'a personne pour l'épauler dans les tâches ménagères et familiales, doit tout gérer elle-même, les factures, le loyer, les courses, les loisirs, et ton éducation. » enchainait-il, d'un ton paternel. « Alors, oui, elle fait sûrement des erreurs, mais peut-être qu'elle ne s'en rend pas compte, qu'elle n'en a pas conscience, parce qu'elle est prise dans un quotidien très chargé, n'a pas le temps de réfléchir, de se poser, de réellement dialoguer et de comprendre ce qu'il se passe autour d'elle. Je suis persuadé que si tu allais voir ses copines, les gens avec qui elle s'entend bien, tu apprendrais qu'en fait, elle ne parle que de toi. » asséna-t-il avec assurance. Dylan resta silencieux, et le regardait avec de grands yeux. « La seule chose qu'il manque entre vous, c'est le dialogue. Elle t'aime, c'est évident. Lorsque je t'observe, que je t'écoute, que je vois tes qualités, le respect que tu portes aux autres, notamment envers tes ainés, je peux t'assurer que ta mère a fait du très bon travail. Elle a fait de son mieux, parce qu'elle t'aime, et ça, c'est l'élément le plus important, ce que tu ne dois jamais oublier» continua-t-il, pendant que le chien, Grisbi,

s'approchait des hamacs, demandant des caresses.
« Parles-lui, Dylan. Parles-lui *vraiment*, et je suis
persuadé qu'elle t'écoutera. » conclut-il, sous les
yeux embués de son jeune interlocuteur, qui ne savait que répondre. Grisbi obtint ses caresses, lorsque les poules, se baladant aux alentours, semblaient compléter le débat dans un langage étran-
ger.

« Merci. » répondit Dylan, la voix fébrile, visiblement secoué. Un silence se posa.

« Et ça serait bien de lui dire que tu viens ici, au
passage. T'es mineur, je te rappelle… » ajouta alors
Mathieu, l'air sérieux. « Elle le sait, ne vous en
faites pas. Elle n'est juste pas du genre à s'immiscer
dans ma vie. » commença alors Dylan, « On gar-
dera notre petit secret, vous et moi », balança-t-il,
taquin, retrouvant un sourire malicieux. « Garde tes
allusions tordues, tu veux ? Ou je te fous dehors à
coups de pieds au cul et ça sera vite réglé, c'te affaire ! » s'emporta Mathieu, sous les rires juvéniles
du lycéen. « C'est ça, rigole ! P'tit merdeux, va ! »
lui envoya-t-il, usant volontairement d'un ton de
vieux grincheux, pendant que Dylan se tenait le
ventre, pris d'un fou-rire incontrôlable. Mathieu
continua alors de le traiter de tous les noms, riant à
son tour, amusé par ce qu'il voyait de ce jeune qui
se montrait enfin sous un visage d'adolescent.

Leurs rires résonnaient dans le silence de la nature, sous le regard contemplatif de Grisbi, cherchant visiblement à comprendre ce qui se tramait. Voilà des années que Dylan n'avait pas autant ri… Et dix ans que Mathieu ne s'était pas senti aussi jovial et léger. Tous deux redécouvraient, jour après jour, le goût de vivre, le goût d'un bonheur parfois simpliste, colorant l'âme d'énergies essentielles, posant un bouclier indestructible face au Mal prospérant dans les profondeurs de l'être affaibli et blessé. Ils se devenaient foncièrement indispensables l'un pour l'autre. Le bac du lycéen était la partie visible du marché, mais un combat existentiel prenait place là où ils ne l'attendaient pas. Il était hors de question d'abandonner ce combat.

« Tiens, goûte-moi un peu ça ! » s'exclama Mathieu, le dimanche qui suivit, en lui servant une part d'un des fromages tout juste sorti de l'affinage. Un Valençay, de la forme d'une pyramide, à la croûte cendrée, recouvert d'une feuille de chêne directement prélevée à la forêt des Hautes Collines.

« Punaise ! Comment c'est trop bon ! » commenta spontanément Dylan, les yeux écarquillés.

« Ah, tu vois un peu ? C'est autre chose que ce que tu trouves au supermarché, pas vrai ? » s'enorgueillit alors l'ancien banquier, pas peu fier de son produit. Dylan acquiesça sans répondre, dégustant chaque bouchée d'un appétit d'ogre. « Tu sens cet arôme boisé ? C'est grâce au parfum que vient ajouter la feuille, comme pour venir sublimer ce goût d'abord tendre puis caractériel en second temps. » expliqua Mathieu, qui partit ensuite dans une description des plus précises de chaque élément clé du produit, de tout ce qui faisait sa qualité, son identité, son charme. Dylan, maintenant redevenu un adolescent constamment affamé, était aux anges. Ses papilles frémissaient.

« Et alors, bien sûr, un bon fromage se doit d'être accompagné d'un bon pain ! » enchaina alors son hôte, tout sourire, lui déposant un pain de campagne sur la table, dont l'aspect laissait déjà présager une régalade des plus absolues. Mathieu sortit le couteau à pain, et coupa une tranche, lentement, comme pour apprécier le crépitement subtile, cette texture profitant de la solidité de la croute et de l'harmonie parfaitement maitrisée de la mie qui ne s'effilochait aucunement, parfumant dès la découpe cette pièce enrobée de ce que l'artisanat pouvait offrir de meilleur. Dylan observait la scène avec des yeux émerveillés, il se sentait vivre une poésie des sens qu'il était heureux de découvrir avec son nouvel ami. Sur cette table, en cet instant, la vie s'exprimait de la façon la plus noble qu'il fut.

« C'est le pain d'un excellent boulanger, qui vit un peu plus haut, là-bas. » dit Mathieu, désignant le nord du doigt, avant de lui servir la tranche. « L'un des meilleurs pains que j'ai jamais mangé ! Tu m'en diras des nouvelles ! » Dylan déposa alors sa part de fromage sur cette magnifique tranche, et goûta posément, appréciant chaque saveur cachée, qui s'enjoignait à la précédente pour former une expérience idyllique. Mathieu sourit d'un air satisfait, heureux de transmettre son goût pour le bien-manger à un jeune qui semblait y être des plus réceptifs.

« Je n'ai jamais goûté des choses aussi bonnes de toute ma vie ! » lâcha Dylan, conquit.

« Ça me fait plaisir ! » répondit alors Mathieu, le visage rayonnant. « Ça te change du fast food, hein? » le taquina-t-il alors, faisant sourire le lycéen. « Tu vois, on est dans un pays qui regorge de trésors de ce genres, et pourtant, de plus en plus de gens n'en voient même pas la couleur. » rétorqua alors Mathieu, quittant son sourire. « On pousse à la consommation, il faut consommer toujours plus, tout le temps, et n'importe quoi, quitte à mettre sa santé en péril. La vie devenant de plus en plus difficile pour des millions de gens, de familles, et les populations étant de plus en plus nombreuses, les grandes industries en tirent leur épingle du jeu en produisant en masse, pour trois fois rien, en misant à la fois sur l'aspect visuel du produit, son prix, qui doit être le plus bas possible, et un matraquage publicitaire omniprésent. » enchaina-t-il, lancé dans son discours, sous l'attention de Dylan, en bon élève. « Certes, on ne connait plus de famines, les niveaux de productions pourraient nourrir la Terre entière et plusieurs fois de suite, même, mais au détriment de la santé, de notre environnement, de nos animaux, et enfin du goût, du plaisir de manger. », « A côté de cela, des modes de consommations apparaissent, prônant le bio, l'équitable, le naturel, mais ce serait sous-estimé les industriels que ne de pas penser qu'ils surferaient sur la vague. A la Grande-Ville, tu trouveras des rayons bios dans chaque supermarché, ainsi que des boutiques spécialisées. C'est très bien, sauf que c'est hors de prix. Seuls ceux qui en ont les moyens peuvent se le permettre, mettant à l'écart toute une partie de la population, je te laisse deviner laquelle, » demanda-t-il au lycéen, « La classe moyenne et populaire », répondit-il, validé par Mathieu.

« Ici, des bons produits, tu peux en trouver à des prix deux, trois voire quatre fois moins cher qu'en ville. Les citadins se font plumer... » lâcha-t-il, avant de reprendre une bouchée. « Tout ça, évidemment, ne profite qu'à une infime partie de gens. Les éleveurs, les agriculteurs et les artisans sont obligés de s'adapter et de se soumettre au dictat de la grande distribution s'ils ne veulent pas mettre la clé sous la porte. On leur tape constamment dessus, on les méprise, et on les asphyxie financièrement, alors qu'ils sont le ciment de la société. », « Il n'y a pas grand-chose de plus admirable que de nourrir le peuple. » conclut-il, face à un public pour le moins à l'écoute.

« Je partage totalement votre analyse, Mathieu, » commença alors le lycéen, « mais la grande distribution n'a pas que des torts. Depuis la fin progressive de l'industrialisation de notre pays, l'agro-alimentaire est devenu un bassin d'emplois qui n'est pas négligeable. » ; « Oui, des employés de plus en plus exploités, sous-payés, avant que, dans une ou deux décennies, beaucoup d'emplois soient remplacés par la machine. » envoya aussitôt l'ancien banquier. Dylan dodinait de la tête. « C'est aussi un gagne-temps pour beaucoup de monde. Ma mère, par exemple, qui n'a jamais le temps, ça l'aide beaucoup de trouver quasiment TOUT au même endroit, et à proximité de chez nous. Tout le monde n'a pas l'opportunité d'aller aux marchés ou de faire des dizaines de kilomètres pour du fromage ou du pain, aussi bons soient-ils. » continua Dylan, causant cette fois un léger mutisme à son acolyte. « De plus, les supermarchés s'adaptent de plus en

241

plus aux nouveaux types de consommations, comme vous dites, et permettent à tous ou presque de trouver leur compte, en fonction des goûts et des budgets. Ce n'est pas de l'artisanal, c'est peut être critiquable de votre point de vue, mais… » enchaîna Dylan, coupé par Mathieu « C'est une question de choix, de priorités. Tu as de bons arguments, mais je vois les choses autrement. » Un court silence prit place. « C'est ce qui fait l'intérêt d'un débat. Dans le fond, je suis d'accord avec vous… » « alors, c'est tout ce qui m'importe ! » rétorqua Mathieu, non sans sarcasme, léger sourire en coin, offrant une nouvelle part de fromage à son jeune ami. Tous deux continuèrent alors la dégustation, dans un silence religieux, profitant de la magie de l'instant, du plaisir simple pourtant essentiel de partager un moment convivial, à table, entre amis. Dylan se souvint alors que le lendemain matin, il allait devoir retourner en enfer, loin des Hautes Collines, de ces repas divins et de ces soirées étoilées, afin d'affronter à nouveau ses bourreaux, sa violence normalisée, son silence étouffant, sa peur en chaque instant, et l'indifférence des adultes responsables. Son sourire s'effaça instantanément.

« Je ne sais pas si je vais y arriver, demain… » se confia-t-il, soudainement, les yeux dans le vague.

« Mais si, tu vas y arriver. Tout ce que tu as à faire, c'est tenir bon, et penser à revenir ici pour préparer ton avenir. Penses uniquement à ça. *Ton avenir.* » répondit alors Mathieu, décidemment à l'aise dans la posture paternelle. « Tu as tenu toutes ces années, résiste encore trois mois, et ça sera terminé. La suite t'appartiendra enfin, et crois moi, ça n'aura plus rien à voir. » ajouta-t-il, se coupant une deuxième tranche de fromage. « Oui mais… Si jamais ça se passe vraiment mal ? S'il m'arrive encore quelque chose ? » s'inquiéta-t-il, d'un regard fragile, comme suppliant une aide désespérée.

 « Tu as mon numéro. Si tu sens que ça peut dégénérer, tu m'appelles immédiatement. Je ferai le nécessaire. D'accord ? » Dylan hocha la tête, soudainement rassuré, reprenant alors sa tranche de pain et retrouvant un léger sourire d'apaisement. Il lui restait encore quelques heures avant de retourner à la guerre. Il en savourerait donc chaque seconde. La paix était la seule arme qu'il possédait.

« Mathieu ! Mathieu ! C'est un truc de dingue ! » s'écria alors Dylan, devant le portail, le lendemain soir, portant encore son sac à dos, et trépignant d'une joie perceptible à l'autre bout du pays. Mathieu fut rassuré de le voir, visiblement en bon état, lui qui s'était inquiété toute la journée, appréhendant son coup de fil, tel le père qu'il aurait tant aimé être…

« Qu'est-ce qu'il y a ? » demanda-t-il, s'approchant avec hâte, afin de lui ouvrir.

« Faut que je vous raconte ! C'est pas croyable ! » continua le lycéen, ne tenant plus en place.

« Bah vas-y ! Dis-moi ! » s'impatienta alors Mathieu.

« J'vous jure, c'est vraiment un truc de fou ! »

« Bon, on ne va pas y passer la nuit ! » s'agaça alors l'ancien banquier.

« L'inspecteur académique du département est venu, dès ce matin, et m'a dit que quelqu'un avait fait un rapport sur moi, sur… mon problème. Kévin, le mec que vous avez attrapé, lors de mon agression, eh ben il s'est fait virer ! Il est passé en conseil de discipline à peine arrivé, et ils l'ont renvoyé direct ! » commença alors Dylan, sous les yeux incrédules de Mathieu. « Et ce n'est pas tout ! Trois surveillants sont convoqués à l'inspection et risquent la révocation ! Le proviseur s'est fait passer un savon, aussi ! Il va être muté ! C'est incroyable, parce que ce sont tous ceux que je déteste, et dont je vous ai parlé ! C'est fou ! » s'enthousiasma le jeune, riant nerveusement, les yeux emplis d'espoir. Mathieu fut décontenancé, voyant que le rapport particulièrement chargé et de la précision d'un banquier cartésien qu'il était, ou du moins qu'il fut, envoyé deux semaines plus tôt auprès de l'inspection, ainsi que son coup de fil pour le moins salé au proviseur de l'établissement dont ce dernier se souviendrait probablement jusqu'à sa retraite, avaient portés leurs fruits, au-delà même de ce qu'il pouvait imaginer.

« C'est super ! C'est une excellente nouvelle ! Ca va aller, maintenant ! » répondit-il, plein de bonté.

« Ouais ! C'est incroyable ! Vous… Vous êtes sûr de n'y être pour rien, dans cette histoire ? » demanda alors Dylan, suspicieux. Mathieu fit non de la tête, sans grande conviction, le mensonge n'ayant jamais été son fort. Dylan comprit alors, et sourit d'un sourire de délivrance et de profonde reconnaissance. Mathieu lui tendit alors la main et tous deux s'empoignèrent avec force, les visages illuminant le jardin tout entier. « Ca va aller, maintenant. Ca va aller. Je vais pouvoir respirer… » lâcha alors le lycéen, qui semblait véritablement allégé d'un poids faisant le triple du sien, qu'il se devait de porter avec lui jour et nuit, sans aucun moment de répit. Mathieu le regardait d'une joie empathique et contagieuse, croyant soudainement en ce monde, aux hommes qui le peuplaient, retrouvant la foi d'une vie meilleure, d'un lendemain qui chante. Le soulagement de cet adolescent était son bonheur. Tous deux partagèrent leur joie comme un présent signant un nouveau départ, un nouveau recommencement.

« Tu n'as donc plus aucune excuse pour ne pas continuer de relever notre défi, désormais. » ajouta-t-il, ressortant son tempérament de champion, ou plutôt de super coach avec son champion. Dylan semblait alors plus déterminé que jamais. Plus une once de fragilité ni de faiblesse ne transparaissait de son être. Un Dylan nouveau naissait dans ce jardin des Hautes-Collines. Un Dylan enfin prêt à monter sur le ring. Prêt à en découdre avec son ombre qui voulait le voir chuter dans les méandres de la désolation et de la soumission. Non, à partir de cet instant, Dylan ne se soumettrait plus. Ni à la violence, à l'intimidation, ni au silence, à la honte, ni à la capitulation. Dylan devenait soudainement maitre de sa vie. Accompagné de son mentor, de l'homme à qui il devait tout ou presque, plus aucun obstacle ne l'effrayait. Certainement pas des opérations d'algèbres ni des exercices de mathématiques cantiques… Dylan avait grandi la peur au ventre, il voulait désormais vivre la joie au cœur. L'heure n'était plus au compromis. Jamais plus. L'enjeu était trop grand.

Dix ans plus tard. Mathieu rentrait de sa promenade journalière en compagnie de ses deux chèvres et de Grisbi, pendant que la pluie semblait sur le point de s'abattre sur le chemin. Il fit entrer les animaux, les dirigea vers la maison, sifflant et tapotant légèrement sur sa cuisse, et referma derrière toute la joyeuse bande qui s'impatientait maintenant de pouvoir se désaltérer copieusement. Mathieu remplit chacune de leurs gamelles, et les déposa dans la zone attitrée, et les observa se ruer sur cette eau qui paraissait, à leurs yeux, bénite et miraculeuse, causant un large sourire sur le visage de leur hôte, qui ne se lassait jamais de les contempler, vivant le moindre détail insignifiant de leur existence comme si demain n'existait point.

Mathieu traversa ensuite la salle à manger, et se courba afin de brancher et allumer sa télévision, flambant neuve, rachetée à un ami coutelier qui vivait à deux kilomètres de là. Cela faisait si longtemps que l'ancien banquier n'avait plus vu un écran téléviseur que cela ressemblait à une découverte absolument inédite. Après plusieurs bidouillages sans résultats, l'écran finit par s'éveiller, et l'image fit alors son apparition. Mathieu observa alors son téléphone, lisant avec assiduité le message qui y était rédigé :

« A 14h30, sur France 3. J'attends tes impressions avec impatience ! A plus ! » Mathieu prit alors la télécommande, et cliqua sur la touche « trois ». Il s'arrêta soudainement, statique comme un bloc de glace, les yeux ronds. Sa respiration s'altéra aussitôt.

« Vous venez de remporter le prix de Documentaire de l'Année, pour votre œuvre « *Un Monde Meilleur* », qui aura causé de vives réactions et même placé le débat à une place centrale sur la question des maux de notre temps, de ce que vous appelez les « métastases de notre société moderne » ; quel est votre ressenti ? » interrogea un journaliste aux abords d'un bain de foule, lorgné d'un large tapis rouge et des hordes de photographes à l'affut. Soudain, Dylan apparut à l'écran. Ses cheveux blonds soignés d'une coupe harmonieuse, un visage mûri, le sourire épanoui, l'œil lumineux, le corps visiblement renfloué et masculin, habillé d'un costume gris clair faisant sensation. Mathieu resta happé, ne parvenant à réaliser.

« Je suis évidemment très, très heureux ! C'est une consécration ! C'est le fruit de beaucoup de travail, d'abnégation, de choix risqués, et de croyance sans faille, qui se voient maintenant pleinement reconnues et je ne vous cache pas que ça fait énormément plaisir ! » commença le nouveau Dylan au sourire radieux.

« Y-aurait-t-il quelqu'un à qui vous voudriez dédier cette récompense ? » enchaina alors le journaliste, semblant partager son bonheur. Dylan se redressa, posa ses yeux tendres vers la caméra, et dit :

« Je voudrais d'abord remercier ma fiancée, Charlotte, pour son soutien en toute épreuve, et pour m'apporter tout ce qu'un homme peut souhaiter dans sa vie. Je dédie également ce prix à ma mère, que je remercie du fond du cœur, pour tout ce qu'elle a fait, tous ses efforts au quotidien depuis plusieurs années, maintenant. Je ne peux qu'être reconnaissant envers elle ; c'est pour toi, maman ! Je t'aime ! » s'exclama-t-il, riant de gaieté. Mathieu, en cet instant, du retenir une larme de couler. Il resta figé face à l'écran, ne bronchant pas le moindre mot, le moindre son.

« Enfin, la personne à qui je dédie ce prix, c'est mon meilleur ami, celui sans lequel je ne serais pas présent devant vous ce soir, celui qui m'a sorti de l'obscurité pour me permettre de devenir l'homme que j'ai toujours voulu être, l'homme pour qui j'éprouve un respect et une admiration sans limite, cet homme, c'est Mathieu Longchamps. Merci à toi, mon ami ! Que Dieu te protège ! » scanda-t-il spontanément, les yeux humides, fixant la caméra, avant de remercier le journaliste et le quitter, sourire vissé jusqu'aux oreilles, continuant son chemin comme marchant sur l'eau. Cette fois, la larme coula lentement sur la joue de Mathieu, ne chercha point à tenter de la contenir, tant son bonheur était grand. Alors que la pluie retentissait et frappait les fenêtres de cette petite maison, quelque part, sur les Hautes Collines, et que Grisbi s'approchait comme pour participer à cette joie dont il en ignorait l'origine, Mathieu se tenait là, à genoux les yeux rivés sur l'écran de télévision, se laissant à pleurer, dans le silence qui le caractérisait, des larmes nouvelles, déconcertantes, même. Mathieu, en cet instant précis, comprit qu'il était heureux. Tout simplement heureux. La vie emplissait désormais son cœur malmené, et sa vision ne fut que lumière, à travers la grisaille de l'extérieur qui se montrait. Sans le savoir, Dylan venait de lui offrir le plus merveilleux cadeau qu'il pouvait imaginer.

« Ca va, ne t'inquiètes pas, Grisbi ! » finit par lâcher l'ancien banquier à son chien qui se collait contre lui comme pour tenter de le consoler, face à ce flot de larmes qui n'en finissait pas. Mathieu l'enlaça alors chaleureusement. Grisbi le fixa de ses yeux innocents, et semblait lui sourire.

« Ce n'est rien, ne t'en fais pas ! Je n'ai juste jamais été aussi heureux de toute ma vie ! » continua-t-il, entre deux sanglots. Le chien posa délicatement sa tête sur l'épaule de son maitre, poussant Mathieu à le serrer contre lui encore davantage.

« Je t'aime, Grisbi… Je vous aime tous tellement… »

Oui, dans un monde où le Mal gagne sans cesse du terrain, jouant du malheur, de la haine, du vide, et de l'insignifiance, où le Mal frappe aux portes des désespérés pour acheter leur âme et leur conscience, les transformant en de simples jouets visant à contraindre à l'indécence, à vivre avec la peur, avec la souffrance, le désespoir, le mensonge, la soumission, et le non-sens ; l'homme de Bien, lui, se lèvera chaque matin, dans l'ombre, loin du bruit, loin de la folie et de la décadence. Il se lèvera et plantera une graine. Qu'est-ce qu'une graine, au milieu de ce monde perdu d'avance, me direz-vous ? Eh bien cette graine, grâce aux soins et à la patience sans égal de l'homme de Bien, germera, progressera, s'élèvera hors de la terre, éclora fièrement et fera naitre un fruit. Le fruit de l'espérance. Les autres, autour, au milieu du champ, se donneront le mot et s'inspireront de cette graine devenue plante devenue fruit. Ainsi, lentement, discrètement, loin du tumulte, les fruits prospéreront, se multiplieront, et enfin nourriront un peuple avide

251

de vérité, brûlant d'espoir de jours meilleurs. Le Mal, lui, qui se tiendra de tout son orgueil, observera l'homme de Bien, se rendra à l'évidence qu'il n'en obtiendra rien, car son bien ne sera point à vendre. Ainsi, le Mal reprendra son sinistre chemin, dans le néant, le vice et l'errance, alors le Bien vivra d'une paix enivrante, de la beauté la plus grande, celle de vivre en Homme libre, armé de livres face aux abîmes qui, en des âmes fragiles, hantent et tuent l'innocence. La liberté aura un prix, et la lutte sera acharnée, mais l'homme de Bien veillera sur ses fruits comme ses enfants, seul, au milieu de son champ, et se lèvera chaque matin de sa force tranquille pour que le Bien triomphe toujours. Pour que le Bien triomphe toujours. **POUR QUE LE BIEN TRIOMPHE TOUJOURS**.

A mon grand-père Pierrot, que j'ai eu le privilège de connaitre et qui, je l'espère, de là où il se trouve désormais, est fier de moi...

A ma mère, que je remercie d'avoir toujours fait de son mieux, et dont l'aide pour cet ouvrage m'aura été précieux.

A mon père, qui a beaucoup sacrifié et toujours cru en moi, et qui, dans ses bons jours, est l'être le plus drôle que j'ai pu rencontrer.

A ma grand-mère Elsa, dont l'amour, l'affection et l'authenticité ne seront jamais oubliés.

A tous, familles, amis, amours, collègues, ces gens aux tempéraments de feu, aux particularités touchantes, qui m'auront marqué et inspiré beaucoup de personnages dans ce livre.

A vous, qui me lisez, que je souhaite nombreux, espérant vous divertir, vous toucher, et vous questionner, afin de vous embarquer avec moi vers un voyage sans fin.

Merci.

FSC
www.fsc.org

MIXTE

Papier issu
de sources
responsables
Paper from
responsible sources

FSC® C105338